Goosebumps®

Goosebumps®

Goosebumps®

雞皮疙瘩 26

古墓毒咒Ⅱ

Return of The Mummy Ⅱ

R.L. 史坦恩（R.L.STINE）◎著

陳芳智◎譯

致台灣讀者

讀者們，請小心……

我是R・L・史坦恩，歡迎到「雞皮疙瘩」的可怕世界裡來。

你是否曾在深夜裡聽到過奇怪的嚎叫？你是否曾在黑暗中聽到腳步聲——卻根本看不到人？你是否見過神祕可怖的陰影，幽幽暗處有眼睛在窺視著你，或者身後有聲音叫你的名字？

如果是這樣，你應該了解那種奇特的發麻的感覺——那種給你一身雞皮疙瘩、被嚇呆的感覺。

在這些書裡，幽靈在閣樓上竊竊低語；膽顫心驚的孩子忽而隱形；稻草人活了，在田野裡走來走去；木偶和布娃娃也有生命，到處嚇人。

當然，這些都是磨礪心志的好玩的嚇人事。我希望你們感到害怕，同時也希望你們大笑。這都是想像出來的故事。當然，最可怕的地方在你們自己心裡。

過個害怕的一天吧！

Goosebumps 雞皮疙瘩

出版緣起

人生從奇幻冒險開始

何飛鵬
城邦媒體集團首席執行長

我的八到十二歲是在《三劍客》、《基度山恩仇記》、《乞丐王子》中度過的。可是現在的小孩有更新奇的玩具、電玩、漫畫，以及迪士尼樂園等。

八到十二歲，正是孩子從字數極少、以圖畫為主的繪本閱讀，跨越到漸漸以文字閱讀為主的時期。也正是訓練孩子從圖像式思考，轉變成文字思考的重要階段。在這個階段，養成長期的文字閱讀習慣，能培養孩子敘事、分析、推理的邏輯思辨能力，奠定良好的寫作實力與數理學力基礎。

然而，現在的父母擔心，大環境造成了習於圖像、不擅思考、討厭文字的一代。什麼力量能讓孩子重回閱讀的懷抱呢？

全球銷售三億五千萬冊的「雞皮疙瘩」，正是為了滿足此一年齡層的孩子的需求而誕生的！

無論是校園怪奇傳說、墓地探險、鬼屋驚魂，或是與木乃伊、外星人、幽靈、吸血鬼、殭屍、怪物、精靈、傀儡相遇過招，這些孩子們的腦袋裡經常出現的角色或想像，經由作者的生花妙筆，營造出一個個讓孩子們縱橫馳騁的魔幻時空、光怪陸離的神奇異界，經歷各種危急險難，最終卻又能安全地化險爲夷。這樣的冒險犯難，無論男孩女孩，無不拍案稱奇、心怡神醉！

本系列作品被譯爲三十二種語言版本，並在全球數十個國家出版，創下了出版史上多項的輝煌紀錄，廣受世界各地孩子的喜愛。作者史坦恩表示，這套作品之所以成功，是因爲多年的兒童雜誌編輯工作，讓他對兒童心理和兒童閱讀需求有了深刻理解——他知道什麼能逗兒童發笑，什麼能使他們戰慄。

我們誠摯地希望臺灣的孩子也能和世界上其他的孩子一樣，有更豐富多元的閱讀選擇。更希望藉由這套融合驚險恐怖與滑稽幽默於一爐，情節緊湊又緊張的「雞皮疙瘩系列叢書」，重拾八到十二歲孩子的閱讀興趣，從而建立他們的閱讀習慣，擁有一個快樂學習的童年。

現在，我們一起繫好安全帶，放膽體驗前所未有的驚異奇航吧！

Goosebumps 雞皮疙瘩

專文推薦

戰慄娛人的鬼故事

廖卓成
國立臺北教育大學語文與創作系兒童文學教授

這套書很適合愛看鬼故事的讀者。

文學的趣味不止一端，莞爾會心是趣味，熱鬧誇張是趣味，刺激驚悚也是趣味。有人擔心鬼故事助長迷信，其實古典小說中，也有志怪小說一類，《聊齋誌異》就有不少鬼故事。何況，這套書的作者開宗明義的說：「這都是想像出來的故事」，不必當眞。

既然恐怖電影可以看，看鬼故事似乎也無妨；考試的書讀久了，偶爾調劑一下，對頭腦卻是有益。當然，如果看鬼片會連續失眠，妨害日常生活，那就不宜勉強了。

雋永的文學作品，應該有深刻的內涵；但不少兒童文學作品說教有餘，趣味不足。只要有趣味，而且不是害人爲樂的惡趣，就是好的作品。鮑姆（Baum）在《綠野仙蹤》的序言裡，挑明了他寫書就是爲了娛樂讀者。

倒是內行的讀者，不妨考校一下自己的功力，留意這套書的敘事技巧，由主角「我」來講故事，有甚麼效果？書中衝突的設計與化解，是否意想不到又合情合理？能不能有不同的設計？會不會更好？這是另一種引人入勝之處。

導讀

結局只是另一場驚嚇的開始

耿一偉
臺北藝術節藝術總監
臺北藝術大學戲劇系兼任助理教授

不知道大家還記不記得，小時候玩遊戲，比如捉迷藏等，都會有一個人要當鬼。鬼在這個遊戲中很重要，沒有鬼來捉人，遊戲就不好玩。這些遊戲的關鍵特色，不是人要去消滅鬼，而是要去享受人被鬼追的刺激樂趣。所以當鬼捉到人後，不是遊戲就結束，而是下一個人要去當鬼。於是，當鬼反而是件苦差事，因爲捉人沒有樂趣，恨不得趕快找人來替代。所以遊戲不能沒有鬼，不然這個遊戲就不好玩了。

在史坦恩的「雞皮疙瘩系列」中，這些鬼所扮演的角色也是類似遊戲中的鬼，給我帶來閱讀與想像的刺激。各位讀者如果留意一下，會發現在他的小說中，都有一個類似的現象，就是結局往往不是一個對抗式的終局，一種善惡誓不兩立，以消滅魔鬼爲最終目標的故事——這比較是屬於成人恐怖片的模式，不是你死，就是人類全部變殭屍。但「雞皮疙瘩系列」中，你的雞皮疙瘩起來了，可是結尾的時候，鬼並不是死了，而是類似遊戲一樣，這些鬼換了另一種角色，而且有下一場遊戲又要繼續開始的感覺。

礙於閱讀的樂趣，我無法在此對故事結局說太多，但各位看完小說時，可以再回想我在這裡說的，就知道，「雞皮疙瘩系列」跟遊戲之間，的確有類似性。換另一個角度來看，這些主角大多為青少年，他們在生活中碰到的問題，如搬家面對新環境、男生女生的尷尬期、霸凌、友誼等，都在故事過程一一碰觸。

「雞皮疙瘩系列」令人愛不釋手的原因，也在於表面上好像主角是鬼，但讀到一半，你會感覺到，故事的重點不知不覺地從這些鬼怪轉移到那些被追的青少年身上，鬼可不可怕不是重點，重點是被追的過程中，一些青少年生活中的苦悶，也被突顯放大，甚至在故事中被解決了。所以你會在某種程度感受到，這本書的內容是在講你，在講你的生活，在講你的世界，鬼的出現，只是把這些青春期的事件給激化了。

另一個有趣的現象，是從日常生活轉入魔幻世界的關鍵點，往往發生在父母不在身邊，然後主角闖入不熟識空間的時候——比如《魔血》是主角暫住到姑婆家、《吸血鬼的鬼氣》是闖入地下室的祕道、《我的新家是鬼屋》是新家的詭異房間……等等。

因爲誤闖這些空間，奇怪的靈異事件開始打斷平凡無趣的日常軌道，一段冒險展開了，一場你追我跑的遊戲開始進行，而父母們往往對此毫無所悉，不知道自己的兒女在故事結束時，已經有所變化，變得更負責任，更勇敢。

「雞皮疙瘩系列」的意義，也在這個地方。在平凡無奇充滿壓力的青春期校園生活中，有那麼多不快樂、有那麼多鬼怪現象在生活中困擾著我們，但這無法跟家長說，因爲他們不能理解，他們看不到我們看到的。但透過閱讀，透過想像力所引發的鬼捉人遊戲，這些不滿被發洩，這些被學校所壓抑的精力被釋放了。

幸好有這些鬼怪的陪伴，日子不再那麼無聊，世界可以靠自己的力量改變。

終究，在青少年的世界裡，鬼怪並不是那麼可怕，在史坦恩的小說中，也往往會有主角最後拯救了這些鬼怪的情形，彷彿他們不是惡鬼，而比較像誤闖人類世界的外星人……這也是青少年的焦慮，他們正準備降臨成人世界，這件事讓他們起了雞皮疙瘩!!

這句英文怎麼說

誰會來開羅接你？
Who will be meeting you in Cairo?

1.

「蓋博，我們馬上就要降落了。」空中小姐俯身靠近我的座位上方，親切地對著我說。

「有人會來機場接你嗎？」

「有啊！來的可能是古代的埃及法老王喔。」我告訴她，「也可能是噁心、正在腐爛的木乃伊。」

她瞇著眼睛瞧我。「不會吧！說眞的，」她堅持問個明白，「誰會來開羅接你？」

「我舅舅。」我回答她，「不過，他喜歡惡作劇。有時候，他還會穿上一些奇奇怪怪的道具服來嚇我。」

「你和我說過你舅舅是個有名的科學家。」空中小姐說。

「是啊，」我回答，「不過，他也是個怪人。」

她笑了。我超喜歡她的，她有一頭漂亮的金髮，我很喜歡她說話時偏著頭的樣子。

她的名字叫楠希。我長途飛行到埃及的一路上，她都對我很好。她知道這是我第一次自己單獨搭飛機。

她一直過來看我，問我好不好。不過，她把我當大人看，沒拿那種愚蠢的連連看小本子給我，也沒拿飛機上專爲小孩準備的塑膠飛行別章叫我戴。明知道不可以，她還一直偷偷遞了很多包花生給我。

「你爲什麼要去找你舅舅？」楠希問，「是去找他玩嗎？」

我點點頭。「我去年夏天也有去哦，」我告訴她。「眞是酷斃了！不過今年舅舅在挖一個沒人挖過的金字塔。他發現了一座年代久遠又很恐怖的古墓，並邀請我在打開古墓的時候一起來。」

她笑了起來，頭微微的偏著。「蓋博，你眞有想像力。」她回了我一句，然

這句英文怎麼說

去年夏天我們全家到開羅去玩。
Last summer, my entire family visited Cairo.

後轉身去回答一個男人的問題。

我真的很有想像力，不過，我可不是憑空亂想的。我的舅舅翰斯班是一位頗負盛名的考古學家，他已經在金字塔裡挖掘很多年了。我在報上讀過關於他的文章，他還曾經出現在《國家地理雜誌》裡。

去年夏天我們全家到開羅玩。我和表妹莎莉，也就是舅舅的女兒，曾在古夫王大金字塔的密室裡經歷過超神奇的探險。

我注視著機窗外一片湛藍的天空，記起莎莉今年夏天也會在。我心裡想著，或許這次她會放我一馬也說不定。

我喜歡莎莉，不過，她實在太好勝了。總是要爭第一，當最強、最聰明、最棒的。能夠把早餐吃成一場比賽的十三歲女孩，我只認識她一個！

「全體機組員，請準備降落。」機長透過擴音器宣布。

我坐直身體，好讓窗外的視野更好。當飛機降低高度時，我看見開羅市就在我們下方。

一條細長的藍色緞帶沿著城市蜿蜒。我知道，那是尼羅河。

城市從河邊開始延展。直接往下窺去，可以見到高聳的玻璃帷幕大廈以及低矮的圓頂寺廟。

城市的盡頭是沙漠的開始。黃沙往地平線一路綿延。

我的胃開始有點不舒服。金字塔就在沙漠深處。再過一、兩天，我就會跟著舅舅爬到其中的某座金字塔裡，進入一個數千年來從沒被開啓過的陵墓裡頭。

我們會發現什麼呢？

我把T恤口袋裡的小木乃伊手拉出來，垂眼瞧著。這隻手很小——不會大過一隻小孩子的手。它是我用兩塊錢美金在二手拍賣會上從一個小孩手裡買來的。他說過這叫做「召喚令」，可以召喚古代的惡靈。

它看起來像是木乃伊的手。手指頭用沾污的紗布纏繞起來，裡面的黑色瀝青還隱約透了出來。

我認爲這是個仿製品，可能是用橡膠或塑膠做的。我的意思是，我從不認爲這會是一隻眞正的木乃伊手。

不過，去年夏天，這隻手救了我們大家的命。把它賣給我的小孩沒說錯，這

這句英文怎麼說

我認為這是個仿製品。
I thought it was a fake.

隻手真的可以讓一堆木乃伊活過來。

眞是神奇得不得了！

當然囉，我那不可思議的故事，爸媽和家裡那邊的朋友根本不相信。他們不相信「召喚令」眞的有用。還說，那只是某個紀念品工廠出品的惡作劇木乃伊手。可能還是在台灣製造的呢。

不過，不論我去哪裡我都會把它帶在身邊。它是我的幸運符。我不算很迷信。我是說，我總是從梯子下走過（註1），而且，我的幸運號碼是十三（註2）。

不過，我眞的相信這小小的木乃伊手會保佑我。

木乃伊手有一點很奇怪，那就是它一直溫溫的，感覺不像塑膠。摸起來很溫暖，就像眞人的手。

還在密西根家裡的時候，爸媽在幫我做行前打包時，有一件事情嚇壞了我。那就是我找不到木乃伊手！當然啦，我絕不可能到埃及還不帶著它！

終於找到的時候，我鬆了一大口氣。小手原來被塞在一件皺巴巴的牛仔褲後口袋裡。

現在，機鼻已經朝下準備降落了。我伸手到T恤的口袋裡去把它拉出來——

然後驚嚇得倒抽了一口氣。

木乃伊手是冷的。

冷得像塊冰！

註1：從梯子下走過會帶來厄運是西方的迷信之一。關於這迷信的由來眾說紛紜。其一是，早期的基督徒認爲架在牆上的梯子會在牆壁及地面形成一個三角形，從梯下走過會冒犯聖三一（聖父、聖子、聖靈三位一體），所以被視爲不祥。其二要追溯到中古世紀的歐洲，當時侵略者要攻打城堡時，架梯爬上城牆是常見的方式之一。梯子要有人扶，爬時才穩固。守城的人爲了抵禦外侮，往往會從牆頭上倒下滾燙的熱油或瀝青。扶梯的人被熱油當頭澆下，經常哀號慘死，因此養成扶梯要站在正面的習慣。時至今日，對西方人來說從梯子底下走過還是被視爲厄運的象徵。

註2：十三是西方人視爲不祥的數字。

這句英文怎麼說

木乃伊手為什麼突然變冷？
Why had the mummy hand suddenly turned cold?

2.

木乃伊手爲什麼突然變冷？

是要傳遞某種訊息嗎？還是警告？

我會有危險嗎？

我沒時間多想，飛機已經滑進了停機門，旅客正亂成一團，各自拉著自己的手提行李箱，一路推擠著出飛機。

我把木乃伊手塞進牛仔褲的口袋裡，提起背包往前走。我跟楠希道再見，感謝她送我那麼多花生，然後跟在其他人後頭走下長長的蓋頂斜坡道，進入機場。

好多人喔！

所有的人似乎都行色匆匆，一個趕過一個。男人身穿黑色的上班套裝，女人

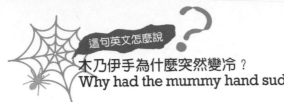

則穿著寬鬆的袍子，臉上戴著面紗。十幾歲的女孩子穿的是牛仔褲和T恤。一群膚色黝黑、表情嚴肅的男人則穿著絲質的白色套裝，看起來很像睡衣。有一家人有三個小孩，三個全在哭。

我的心情忽然很低落。

人山人海的，我怎麼找得到班舅舅？

肩上的背包變得很沉重，我的目光瘋狂的四下搜尋。陌生的語言包圍著我，他們說話的聲音很大，不過沒有人講英語。

「唉喲！」我喊了出來，覺得身體側面一陣刺痛。

我轉過身去，發現一個女人的行李車撞到了我。

蓋博，要冷靜！我告訴自己，要冷靜下來啊！

班舅舅就在這裡，他也正在找你喔。他一定會找到你的，你只要冷靜就行了。

可是班舅舅如果忘記了怎麼辦？如果他把我抵達的日期搞錯了怎麼辦？又如果他在金字塔底下一忙，忘了時間怎麼辦？

如果我再想下去的話，可以變成擔心大王了。

這句英文怎麼說

我看不見他的臉。
I couldn't see his face.

而現在我擔的心夠三人份了！

如果舅舅沒來，我決定要去找電話打給他。

那是一定要的啦！

我幾乎可以聽見自己說，「接線生，請問我可以和我在金字塔裡頭的舅舅說話嗎？」

我想這麼說應該不太管用。

我沒有班舅舅的電話號碼，而且甚至不確定他住的地方有沒有電話。我只知道他住在一頂帳篷裡，而帳篷離他正在開挖的金字塔很近。

我瘋狂注視著擁擠的到站出口區，幾乎要慌亂得六神無主了——一個高頭大馬的人對著我走來。

我看不見他的臉。他穿著一件附有頭巾，叫做阿拉伯兜帽的白長袍，一張臉就包在頭巾裡。

「計程車？」他用尖尖細細的高音問，「要計程車嗎？美國計程車？」

我大聲笑了出來。「舅舅！」我高興的大喊。

「計程車，美國計程車。要搭計程車嗎？」他仍堅持道。

「舅舅！看到你好高興喔！」我大叫，並伸手摟住他的腰，給他一個大大的擁抱。然後，對著他愚蠢的偽裝笑著，並把他的頭巾往後一扯。

兜帽式頭巾下的男人有一顆剃得光溜溜的頭和濃密的黑鬍鬚。他憤怒的瞪視著我。

我這輩子從沒有見過他。

3.

這句英文怎麼說

歡迎到開羅來。
Welcome to Cairo.

「蓋博！蓋博！這裡啦！」

我聽到叫我的聲音。我越過憤怒的男人望過去，看見班舅舅和莎莉就站在訂位櫃檯前，正在對我招手。

那男人的臉氣得紅通通的，用阿拉伯語對我吼了一頓。我很高興自己是鴨子聽雷，根本聽不懂。他一邊把頭巾拉好，一邊還嘀嘀咕咕個沒完。

「對不起！」我大喊一聲。然後閃過他，火速的趕去和舅舅及表妹打招呼。

舅舅握住我的手並對我說，「蓋博，歡迎到開羅來。」他穿著一件寬鬆的白色短袖運動衫和鬆垮垮的斜紋棉質褲。

莎莉穿著褪色的牛仔短褲和一件淡綠色的小背心。她已經開始嘲笑我了，眞

是出師不利。「那是你朋友嗎？」她嘲弄道。

「我……我搞錯了。」我承認道。我回眼看去，那個人還在對我咆哮著。

「你眞以爲那人是我爸呀？」莎莉追問。

我含糊的回應。莎莉和我同齡，不過，我看出她還是比我高了一吋。她把一頭黑髮留長了，在背後紮了一條辮子。

她一雙大大的黑色眸子閃著興奮的光采。她最愛取笑我了。

我們走到行李區去拿皮箱時，我把飛行途中的點點滴滴告訴他們。我告訴他們那位空姐楠希如何一路不斷的偷塞花生給我。

「我是上個禮拜飛來的，」莎莉告訴我，「空中小姐讓我坐在頭等艙呢！你知道坐頭等艙可以吃冰淇淋聖代嗎？」

不，我不知道。看得出莎莉還是本性難移。

打從班舅舅把所有時間都花在埃及後，她就到芝加哥的一所寄宿學校就讀。當然啦，她所有的成績都是A，而且還是滑雪和網球的雙料冠軍。

有時候，我有點替莎莉感到難過。莎莉她媽媽在她五歲的時候就去世了，她

空中小姐讓我坐在頭等艙。
The stewardess let me sit in First Class.

只有放假的時候和暑假才可以見到她爸。

不過，在我們等行李送上輸送帶出來的時候，我可是一點也不替她難過。她忙著吹噓這次的金字塔比我去年夏天進去過的還大上兩倍，她已經下去過好幾次了，可以帶我去逛逛──如果我不是怕得太厲害的話。

我那肥鼓鼓的藍色皮箱終於出現，我從輸送帶上把它扯下來，讓它落在腳邊。眞是重死我了！

我想把箱子提起來，可是箱子幾乎動也不動。

莎莉一把推開我，「我來拿！」她堅持道。她抓住把手，把皮箱提離地面，開始帶著皮箱走。

「嘿──！」我在她身後大叫。眞是超愛現的！

舅舅對我露齒一笑。「我想莎莉還行。」他說，並把手放在我的肩膀上，帶我走向玻璃門。「我們去開吉普車。」

我們把皮箱擺在吉普車後面，朝市區開去。「最近白天熱得讓人汗流浹背，」舅舅一邊告訴我，一邊拿起手帕抹著他寬寬的額頭，「不過晚上倒是挺涼爽的。」

狹窄的街道上往來的車輛有如龜爬，不斷聽見有人按喇叭。不論車子是走是停，司機總是大按喇叭，吵得震耳欲聾。

「我們不會在開羅停留，」舅舅解釋，「我們會直接開往位在吉薩的金字塔那兒。我們所有工作人員都住在那裡的帳篷裡，這樣離工作地點才近。」

「我希望你有帶防蟲液。」莎莉抱怨道，「蚊子大得像青蛙一樣。」

「不要太誇張，」舅舅出聲斥責，「才幾隻蚊子而已，蓋博不會怕的啦——你怕嗎？」

「我才不怕咧。」我平靜的回答。

「那毒蠍子呢？」莎莉追問。

我們把城市拋在身後開往沙漠之後，交通順暢了些。黃沙在炙熱的豔陽下閃閃發光。吉普車在狹窄的雙線道上顛簸時，熱浪一波波的朝我們湧來。

不久，一座金字塔便映入眼簾。金字塔位在沙漠地表升起的熱浪後面，看起來像是不斷晃動的海市蜃樓，似乎很不真實。

我凝神注視著它，興奮得喉頭一緊。去年夏天我就看過金字塔了，但是，再

這句英文怎麼說

我自認是個典型的美國小孩。
I think of myself as a typical American kid.

見依舊令人心神激盪。

「我實在無法相信金字塔已經有四千多年了！」我驚嘆道。

「是啊，甚至比我年紀還大。」舅舅開玩笑的說。他的表情突然一轉，嚴肅了起來。「我每次看到金字塔，心中就充滿驕傲，蓋博。」他承認，「想到我們的老祖宗居然那麼聰明、技術又高超，可以蓋出這麼偉大的建築。」

舅舅說的對。我想金字塔對我的確具有特殊的意義，因爲我的家族是埃及人。我祖父母都來自埃及，他們在一九三〇年左右搬到美國。我老媽和老爸則是在密西根出生的。

我自認是個典型的美國小孩。不過，拜訪祖先的故鄉還是很令人興奮的。

當我們開得更靠近的時候，金字塔就矗立在我們面前。塔影在黃沙上拉出了一個長長的藍色三角形。

車子和觀光巴士擠爆了一塊小小的停車場。我看見一排上了鞍的駱駝被拴在停車場的一邊。一群觀光客在沙地上散開來，盯著金字塔瞧，猛拍照片，喧嘩的聊著天，手還指指點點的。

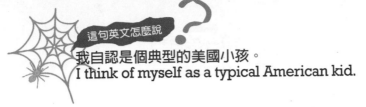

舅舅把吉普車轉上一條窄窄的小路，離開人群，朝金字塔背面開去。我們一開到金字塔的陰影下，空氣馬上涼了下來。

「給我一支甜筒冰淇淋，要我怎樣都行。」莎莉哀號著，「我這輩子從沒這麼熱過。」

「別講熱不熱的，」舅舅回答，汗水從他的額頭滴下來，落到濃密的眉毛裡。「要講好幾個月沒見到妳老爸了，見面眞高興。」

莎莉發出呻吟，「如果你帶了甜筒冰淇淋，我會更高興見到你。」

舅舅笑了出來。

一個身穿卡其制服的守衛走到吉普車前面，班舅舅把一張藍色的識別卡高高舉起，守衛就揮手叫我們過去。

我們順著金字塔後面的路開去，一排低矮的白色帳篷映入眼簾。「歡迎光臨希爾頓金字塔大飯店！」舅舅開玩笑的說道，「我們的豪華套房在那邊。」他指指最近的那頂帳篷。

「很舒服的，」他說著，把車停在帳篷旁。「不過，客房服務很糟糕。」

這句英文怎麼說

我這輩子從沒這麼熱過。
I've never been so hot in my life.

「你還必須小心蠍子。」莎莉警告道。

只要能嚇我，她什麼都肯說。

我們卸下了我的皮箱後，舅舅就帶我們去金字塔底部。

一組攝影人員正在打包他們的器材。一個滿身是土的年輕人從低處的一個入口爬了出來，這入口是從某個石灰岩塊挖進去的。他朝舅舅揮了揮手，然後匆匆的往帳篷而去。

「我的一個組員。」舅舅嘴裡咕噥說著，一面往金字塔的方向移動。「啊！蓋博，你在這裡了。你可是從密西根一路千里迢迢來到這，不是嗎？」

我點點頭。「眞是神奇哪，」我回答他，我遮護住眼睛，往塔頂上望去，「我都忘了親歷其境看金字塔時，金字塔有多麼的雄偉。」

「明天我帶你們兩個下去陵墓裡頭。」舅舅說，「你們來的正是時候。我們已經挖了好幾個月，終於快要可以開封進入陵墓裡去了。」

「哇啊！」我驚叫道。在莎莉面前，我很想表現出冷靜的樣子，可是我忍不住，我實在太興奮了！

「我猜你打開這座古墓後，就眞的出名囉，對不對？老爸？」她用力拍打停在手臂上的一隻飛蟲。「噢！」

「我會很出名，出名到連蟲子都不敢叮妳。」舅舅回答道，「順便問一下，你們知道在古埃及他們把飛蟲稱做什麼嗎？」

莎莉和我搖搖頭表示不知道。

「我也不知道！」舅舅說著笑咧了嘴。這又是他個人的一種冷笑話，數量豐富、供應無虞。此時，他的表情瞬間一變，「喔！這倒提醒了我。蓋博，我有禮物要給你。」

「禮物？」

「哎，我把它放哪兒去啦？」他兩隻手都伸進褲袋裡頭掏。

當舅舅找禮物時，我看到他背後有東西在動。在他肩膀的上方、後面金字塔低處的入口有個影子。

影子移動了，一個人形緩緩走出來。

我瞇起眼睛瞧著它。

一開始我以爲是陽光在我眼睛上惡作劇。

但是，當我卯起勁來瞇眼看時，發現自己並沒有看錯。

人形從金字塔裡舉步走了出來——它的臉覆蓋在發黃的破繃帶裡，連手臂和腿部也是。

我張嘴想呼喊——不過聲音卻卡在喉嚨裡出不來。

正當我奮力的想擠出聲音警告舅舅時，木乃伊僵硬的伸出了雙臂，搖搖晃晃的來到他身後。

4.

我看到莎莉的眼睛因爲恐懼而睜大。她低低的倒抽了一口氣。

「舅舅——！」我終於喊出聲音。「快轉身！它……它……！」

舅舅瞇起眼睛滿臉困惑的看著我。

木乃伊搖搖擺擺的靠近，兩隻手臂威脅似的舉起，眼看著就要抓到舅舅的脖子後面。

「木乃伊呀！」我放聲尖叫。

舅舅一個轉身，驚駭的大喊。「會走路哇！」他大聲嚷嚷，用顫抖的手指頭指著木乃伊。木乃伊前進，他就向後退開。「會走路哇！」

「喔呀——」莎莉的嘴裡吐出奇怪的呻吟聲。

這句英文怎麼說

我目瞪口呆的看著他們兩個。
I gaped at the two of them.

我轉身就跑。

但此時木乃伊卻爆出了呵呵的笑聲。

它垂下發黃的雙臂。「噗！」只聽見它大叫一聲，又笑了起來。

我轉頭看見舅舅也在笑。他黑色的眸子愉快的燦然發亮。「會走路哇！會走路哇！」他一面重複說著，一面搖頭，一隻手還搭木乃伊的肩膀上。

我目瞪口呆的看著他們兩個，心臟還撲通撲通直跳。

「這位是約翰，」舅舅說話了，他超愛這個在我們身上開的玩笑。「他正在這裡拍電視廣告，一種黏性較佳的新型繃帶。」

「黏鳥牌繃帶，」約翰告訴我們，「你的木乃伊就是買這種牌子的喔！」

他和舅舅又笑翻了天。隨後舅舅指指攝影小組，他們正把裝備打包，裝上小貨車。「他們今天的進度拍完了，不過約翰答應留下來幫我嚇你。」

莎莉轉轉眼珠子，「做得不錯呀，」她冷冷的說。「不過老爸你如果想嚇到我，必須更厲害一點才行。」然後她補了一句，「可憐的蓋博，你看到他臉上的表情沒？他嚇瘋啦！我以爲他會抓狂呢。」

舅舅和約翰發出呵呵的笑聲。

「嘿──才不可能咧！」我堅持否認，覺得自己的臉紅了起來。

莎莉怎麼可以那麼說？當木乃伊搖搖擺擺的晃出來時，我明明看見她倒抽了一口氣，還往後退呢！她根本和我一樣害怕。

「我也聽見妳尖叫呀！」我告訴她，不過不是故意要讓聲音聽起來這般哀怨淒厲的。

「我之所以那麼叫是要幫他們嚇你。」莎莉不甘示弱的堅持著，還把她那長長的辮子甩過肩頭。

「我得走人啦！」約翰瞄了他的手錶一眼，說，「一回到旅館，我就要去打撞球，說不定接下來的一個禮拜我都會待在水裡頭！」他用繃帶手朝我們揮一揮，然後慢步跑回小貨車去了。

我為什麼沒注意到他戴著手錶？

我覺得自己像個大蠢蛋。「夠了！」我生氣的對舅舅大喊，「我再也不會因為你的蠢笑話而受騙上當！再也不會！」

這句英文怎麼說

我為什麼沒注意到他戴著手錶？
Why hadn't I noticed that he was wearing a wristwatch?

他對我露齒一笑，並眨眨眼。「要打賭嗎？」

「蓋博的禮物呢？」莎莉問，「是什麼東西啊？」

舅舅從口袋裡掏出某樣東西，並把它拿得高高的。那是個墜子，串在一條繩子上。墜子是一顆晶瑩的橘色玻璃，在燦爛的陽光下光彩奪目。

他把墜子交給我。我放在手中細看，感覺很光滑。

「這是什麼？」我問舅舅，「是哪種玻璃呢？」

「不是玻璃，」他回答，「是一種透明的寶石，叫做琥珀。」他湊過頭和我一起細看，「拿高，看墜子裡面。」

我照著他的指示做，看到裡面有一隻褐色的大蟲子。「看起來像是甲蟲的一種。」我說。

「是甲蟲沒錯。」舅舅邊說邊瞇起眼睛，更加仔細的觀察。「是古代的一種叫做『聖甲蟲』的甲蟲，在四千年前陷入琥珀裡。你可以看到，牠被保存得非常完整。」

「好噁心喔——」莎莉發表她的高見，還做了個鬼臉。她拍了一下舅舅的背。

「眞是個好禮物啊，老爸。一隻死蟲子。提醒我千萬別叫你買聖誕禮物。」

舅舅笑了笑，接著轉過身來對我說，「聖甲蟲對於古埃及人而言是非常重要的，」他邊說邊用手指轉著琥珀墜子，然後墜子落回我的掌心。「他們相信聖甲蟲是不朽的象徵。」

我瞪著蟲子保存完好的深色甲殼和六隻毛毛腿。

「擁有聖甲蟲就代表永恆的生命，」班舅舅繼續說道，「不過，被聖甲蟲咬到意味著一命嗚呼。」

「眞奇怪！」莎莉嘀咕著。

「看起來好漂亮，」我告訴舅舅，「這個眞的有四千年了嗎？」

他點點頭。「戴在脖子上，蓋博。或許它還保有一些古代的力量。」

我把墜子從頭上套下來，藏進我的T恤裡。琥珀貼著我的皮膚，感覺很冰涼。

「謝謝，舅舅。」我說，「這個禮物眞棒。」

他用捏成一團的手帕抹抹他汗水淋漓的額頭。「我們回帳篷找些冰的來喝吧！」他說。

這句英文怎麼說

他們相信聖甲蟲是不朽的象徵。
They believed that scarabs were a symbol of immortality.

我們走了幾步路就停了下來，因爲看見莎莉的臉色很不妙。

她全身發抖，嘴巴張得大大的，手指著我的胸前。

「莎莉——怎麼回事？」舅舅大叫。

「聖……聖甲蟲……」她結結巴巴的說，「逃……逃掉了！我看見牠了……」她往下一指，「在這裡！」

「啊？」我轉身背向她，彎下身來尋找聖甲蟲。

「哇！」我大叫一聲，感覺到腿後一陣刺痛。

是聖甲蟲咬到我了。

5.

我心裡警鈴大作，倒抽一口氣，舅舅剛剛對聖甲蟲的一番說明剎時掠過我的腦海。

「擁有聖甲蟲就代表永恆的生命，不過，被聖甲蟲咬到就意味著一命嗚呼。」

一命嗚呼？

「不——！」我放聲大叫，轉過身來。

一眼就見到莎莉蜷曲著身體跪在地上，她笑咧了嘴，手還伸得長長的。

我發現她正掐著我的腿。

我的心還在狂跳個不停。我伸手抓住墜子，往橘色透明的寶石裡定眼看去。

聖甲蟲還封在裡頭，就和四千年前一樣。

這句英文怎麼說

我們一向相處的很融洽。
We always got along really well.

「啊——！」我高聲怒吼，大部分是在生自己的氣。

難道舅舅和莎莉在這趟旅程裡對我開的每個蠢玩笑我都要受騙上當嗎？如果真是這樣，那麼這個夏天肯定會很漫長。

我一直很喜歡莎莉，但是她爭強好勝、自視高人一等的時候例外。我們一向相處得很融洽。

不過，現在我真想賞她一拳，想對她說一些骯髒下流的話。

不過，我想不出什麼很骯髒下流的話。

「那樣做真的很惡劣，莎莉。」我臭著一張臉說，並把墜子收到T恤底下。

「是啊，的確——那可不！」她回答我，一臉洋洋自得。

當天晚上，我躺在窄窄的帆布床上，眼睛盯著低低的帳篷頂，豎耳傾聽著。

我聽見風掃過了帳篷的門簾，帳篷支架發出輕微的咿呀聲及帆布翻飛的聲音。

我覺得我從未如此警覺過。

我側過頭來，看見月亮的清輝從帳篷的門縫透了進來，我可以看見沙地上的

沙漠枯草，還可以看見我小床上方的帳幕上有水漬。

我是睡不著了，我不高興的想著。

我把扁平的枕頭又揍又拍的打了二十次，想讓它變得鬆軟些。粗糙的羊毛毯子貼在我的下巴上，有點刺刺的。

我以前曾經離家在外面睡過。不過，睡的都是房間之類的，從來沒有在滿是風沙的廣闊沙漠裡，睡在一頂帳幕不斷翻飛，而且還有縫隙的小小帆布帳篷裡。

我並不是害怕。我的舅舅就躺在帳篷中離我只有數吋之隔的帆布床上打呼。

我只是很警覺。非常、非常的警覺。

警覺到可以聽見帳篷外棕櫚樹發出的沙沙聲，可以聽見幾里外汽車輪胎壓在小路上的低鳴。

當有東西在我胸前扭動時，我聽見自己心臟撲通撲通猛跳。

我很警覺，馬上感覺到了。

那只是一種輕觸的微癢，一個快速、輕微的移動。

這種情況下只有可能是一種東西。聖甲蟲在琥珀墜子裡頭走動。

這句英文怎麼說

我在黑暗之中摸索著墜子。
I fumbled for the pendant in the dark.

這次可不是開玩笑的。

不是開玩笑的，蟲子動了。

我在黑暗之中摸索著墜子，把它甩到毯子上。然後拿起來對著月光照過去。

我看到肥肥的甲蟲在裡面，烏黑的待在橙色的毒藥裡。

「你動了嗎？」我對著牠輕聲說，「你抖腳了嗎？」

我忽然覺得自己蠢斃了。我幹嘛對一隻四千歲的昆蟲輕聲細語的？爲什麼會想像牠還活著？

眞是庸人自擾！我把墜子塞回睡衣底下。

我絕對不可能知道這墜子不久之後對我有多重要。

也不會知道這墜子有一個祕密，可以救我的性命，也可以要了我的命。

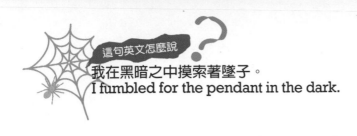

6.

次日早晨當我醒來，帳篷裡已經很熱了。燦爛的金色陽光從帳篷的開口流洩進來。我瞇起眼對抗陽光，然後揉揉眼睛、伸伸懶腰。舅舅人已經出去了。

我的背很痛。小床眞硬。不過我太興奮了，沒時間去理我的背。今天早上我要下金字塔，到古墓的入口。

我套上前天穿過的乾淨T恤和牛仔褲。把聖甲蟲墜子垂進T恤底下，然後小心翼翼的把我的小木乃伊手塞到牛仔褲的後口袋裡。

我告訴自己，有了墜子和木乃伊手，我會受到很好的保護。這趟旅程不會有壞事發生的。我用梳子把一頭濃密的黑髮梳了幾下，戴上密西根狼獾足球隊黃黑色的帽子，匆匆趕往伙食帳去吃早餐。

這句英文怎麼說

這趟旅行不會有壞事發生的。
Nothing bad can happen this trip.

太陽漂浮在遠處棕櫚樹的上頭，沙漠的黃沙發出耀眼的光芒。我深深呼吸了一口沙漠清新的空氣。我確定這附近一定有駱駝，空氣不是眞的那麼清新。

我發現莎莉和舅舅正在吃早餐。他們坐在伙食帳長桌的一頭。舅舅穿著他常穿的鬆垮斜紋棉褲，及一件短袖的白色運動衫，衣服前面還沾了咖啡漬。

莎莉把一頭黑色長髮直直放下，綁成一條馬尾。她穿了一件豔紅色的小背心，下身搭了件白色網球短褲。

我進營帳時，他們對我打招呼。我爲自己倒了一杯柳橙汁，因爲沒看見家樂氏霜麥片，我就把葡萄乾麥麩脆片放到碗裡。

舅舅的三位工作人員坐在桌子的另一頭吃早餐。他們興高采烈的談論著工作。「我們今天可以進去了。」我聽見其中一個人說。

「要打開墓門的封印可能還得花上幾天呢！」一個年輕的女人回答。

我在莎莉身邊坐了下來。「快告訴我陵墓的事。」我對舅舅說，「那是誰的墓？裡面有什麼？」

他輕聲笑了起來。「在開始發表長篇大論前，讓我先說聲早安吧。」

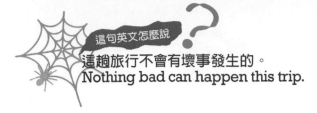

莎莉靠攏過來看我的麥片碗。「嘿，你看——」她指著碗說，「我的葡萄乾比你多。」

我就說吧，她就是有本事把早餐變成一場競賽。

「不過，我柳橙汁裡的果粒比較多。」

這只是句玩笑話，不過，她還是去檢查了自己的果汁杯以茲確認。

舅舅用餐巾紙擦了擦嘴，喝了一大口黑咖啡。「如果我沒弄錯，」他開始敘述，「我們發現的這座墓是屬於一位親王所有。事實上，是圖唐卡門王的堂兄弟。」

「簡稱圖唐王。」莎莉插嘴告訴我。

「那個我知道！」我尖聲回道。

「圖唐王的墓是在一九二二年被發現的，」舅舅繼續說道，「他寬闊的墓室裡放著他大部分的財寶，那是考古學上最令人驚奇的世紀大發現。」他露出了一抹笑容，「到目前爲止啦。」

「你認爲你會有更令人驚奇的發現嗎？」我問道。我的麥片連碰都沒碰。舅

這句英文怎麼說

班舅舅啜乾最後一口咖啡。
Uncle Ben took the last sip of coffee.

舅的故事實在太吸引我了。

他聳聳肩。「除非打開墓門，否則我們無法得知墓裡頭到底有什麼，蓋博。不過，我希望能心想事成。我相信我們可以找到科荷魯親王的墓室。他是國王的堂弟，據說，和國王一樣富有。」

「你想科荷魯親王所有的王冠、珠寶，和財物都會一起陪葬嗎？」莎莉問。

班舅舅啜乾最後一口咖啡，並將白色的馬克杯滑越桌面。「誰知道呢？」他回答，「那裡可能有驚人的寶藏，也可能是空的，只是個空空的房間。」

「怎麼可能是空的？」我追問道，「金字塔裡爲什麼會有空墓？」

「盜墓賊做的，」舅舅回答我，眉頭緊皺著。「記住，科荷魯親王是西元前一千三百年左右埋葬的。幾十個世紀以來盜墓賊闖入金字塔，洗劫了許多墓室裡的財寶。」

他站起來嘆了口氣。「我們挖了這麼多個月，有可能只是挖到一個空房間。」

「不會的！」我激動的大喊。「我打賭，我們會在那裡頭找到親王的木乃伊，以及價值連城的珠寶！」

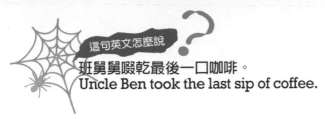

舅舅對我微微一笑。「說的夠多啦，」他說，「現在把你們的早餐吃完，我們就可以去一探究竟了。」

莎莉和我跟著舅舅走出帳篷。他對著兩個剛出補給帳、手裡提著挖掘器材的年輕人招招手，然後快步走過去跟他們說話。

莎莉和我在後頭閒晃著。她轉過身來面對我，表情很嚴肅。「唉，蓋博，」她柔聲的說，「抱歉，我很痛苦。」

「痛苦？」我回答的語氣充滿諷刺。

她沒有笑容。「我有點擔心，」她承認道，「擔心我老爸。」

我瞄了舅舅一眼。他說話的時候手還拍著一個年輕人的背，這正是他一貫幽默活躍的個性。

「妳有什麼好擔心的？」我問莎莉，「妳老爸心情超好的。」

「就是這樣我才擔心啊。」莎莉怯聲說道，「他既快樂又興奮，眞的以爲這次的發現會讓他聲名大噪。」

「所以呢？」我問著。

這句英文怎麼說

為什麼那麼悲觀呢？
Why look on the gloomy side?

「所以說，如果挖出來的房間是空的怎麼辦？」莎莉回答，黑色的眼眸注視著她父親。「如果盜墓賊已經洗劫過這個地方了，怎麼辦？又或者，這根本就不是親王的陵墓呢？如果老爸打開封印，開了門——卻發現房間裡佈滿灰塵又很陳舊，除了滿滿一間的蛇之外，什麼都沒有，那又該怎麼辦？」

她嘆了口氣，「老爸會心碎的，只有心碎呀。蓋博，他盼這個盼得那麼深切，我不知道到時候他受不受得住失望的打擊。」

「爲什麼那麼悲觀呢？」我回答，「如果……」我停住沒繼續講，因爲舅舅已經匆匆的趕回我們身邊了。

「我們下墓室去，」他興奮的說，「工作人員認爲應該快發現陵墓的入口了。」

他一手一個的摟住我們的肩膀，帶領我們走向金字塔。

一走入金字塔的陰影下，空氣就轉涼了。在塔底背面挖出來的低處入口映入我們的眼簾。這個入口只容得下一個人進出。我往窄窄的洞裡頭瞄過去，只見通道陡峭的往下直落。

希望我不要跌下去才好，我心裡想著，覺得恐懼感重重的一揪，讓我的胃緊緊的收縮起來。我可以想像到自己不斷、不斷的往無底黑洞裡跌去的景象。

最主要的是我不想在莎莉面前跌下去。我知道只要一跌，她肯定會讓我畢生難忘。

舅舅拿了鮮黃色的硬帽子交給我和莎莉。帽子上有內嵌的燈，就像礦工戴的。「你們給我緊緊黏在一起，」舅舅命令道，「我記得去年夏天，你們兩個亂逛的下場，就是讓我們麻煩得不得了。」

「我……我們不會了。」我囁嚅著，很努力的想讓聲音聽起來不要太緊張，不過心有餘而力不足。

我瞄了莎莉一眼。她正在調整頭髮上的黃色硬帽，看起來鎮定又自信，一如平常。

「我帶頭。」舅舅說著，拉拉下顎上的帶子，然後轉過身去，開始往下沒入洞裡。

此時我們身後傳來一聲尖銳的高喊，讓我們全都停了下來，並回過頭去。

「停啊！請你們——停下來！不要進去！」

7.

這句英文怎麼說

我記得去年夏天。

I remember last summer.

一個年輕的女人穿越沙地跑了過來。她跑的時候，烏溜溜的長髮在腦後飄動。她一隻手提著棕色的公事包，脖子上則掛了一台照相機，在她身前上下的晃動著。

她在我們面前停了下來，並衝著舅舅微笑。「翰斯博士嗎？」她氣喘吁吁的問著。

舅舅點了點頭。「是的。有何指教？」他等她順過氣來。

哇！她真的好正點喔！我心想。她有一頭烏黑、柔順又有光澤的長髮。幾絡剪過的瀏海直直的覆在她的前額。瀏海下是一雙我生平見過最美麗的綠色眼眸。

她穿得一身白，白色西裝外套、白襯衫，外加白色休閒褲。她個頭滿矮的——

只比莎莉高個一、兩吋。

我告訴自己，她一定是電影明星之類的，因為她長得實在太漂亮了。

她把棕色公事包放到沙地上，將黑色長髮撩撥到身後。「翰斯博士，很抱歉，我剛剛那樣大吼大叫的，」她對舅舅說道，「只是，我必須和您談談。我不希望您在金字塔裡消失。」

舅舅瞇起眼睛打量她。「妳是怎麼通過安全檢查的？」他邊問，邊把硬帽子拉掉。

「我讓他們看我的記者證。」她回答說，「我是開羅《太陽報》的記者——妮蘿．拉賀瑪德。我希望……」

「妮蘿？」舅舅打斷她的話，「好美的名字。」

她微微一笑。「是啊，我母親用生命之河尼羅河來為我命名。」

「嗯，名字非常美。」舅舅回答，眼睛閃爍著光芒。「不過，我還沒準備要讓記者寫和我們工作相關的報導。」

妮蘿皺起眉頭，咬了咬下唇，接著說：「幾天前，我和斐德寧博士說過了。」

這句英文怎麼說

我讓他們看我的記者證。
I showed them my press card.

她說。

舅舅驚訝的瞪大了眼睛。「妳和他說過了?」

「斐德寧博士允許我寫有關於您的發現的報導。」妮蘿堅持的說，一雙綠色的眸子盯著我舅舅。

「但我們什麼都還沒發現!」舅舅拉高嗓門回答她，「那裡可能也沒有什麼好發現的。」

「斐德寧博士可不是這樣告訴我的喲，」妮蘿說，「他似乎很有把握您的發現將會震驚全世界。」

班舅舅笑了起來。「有時候，我的夥伴會興奮過頭，說得太多。」他告訴妮蘿。

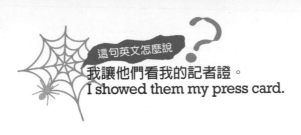

妮蘿用眼神祈求我舅舅。「我可以和您一起進入金字塔裡嗎?」她看了我和莎莉一眼，「我看到您有其他的客人。」

「我女兒莎莉，和我外甥蓋博。」舅舅回答。

「那麼，我可以和他們一起下去嗎?」妮蘿懇求道，「我保證，除非您允許，不然我一個字都不會寫。」

舅舅撫著下巴沉思，然後把硬帽子戴回頭上去。「也不可以拍照。」他低聲咕噥著。

「這表示我可以進去囉？」妮蘿興奮的問。

舅舅點點頭。「以觀察員的身分。」他努力表現出強悍的樣子，不過我看的出來他還滿喜歡她的。

妮蘿對他報以溫暖的笑容。「謝謝您，翰斯博士。」

他伸手到儲物推車拿出一頂黃色硬帽給她。「我們今天不會有什麼驚人的發現。」他提出奉告，「不過就快了——就快有東西了。」

妮蘿套上沉重頭盔的同時，轉身面對我和莎莉。「你們是第一次進入這座金字塔嗎？」她問。

「才不是咧，我已經下去過三次了！」莎莉吹噓著，「眞的好酷哦！」

「我昨天剛到，」我說，「所以我是第一次下去……」

當我看到妮蘿的表情一變，我就沒再繼續說下去。

這句英文怎麼說

也不可以拍照。
No photographs, either.

她爲什麼那樣盯著我看？

我往下一瞧，發現她在看我的琥珀墜子，嘴巴因爲震驚而張得很大。

「不！我不相信！我眞的不信！這太詭異了！」她驚叫。

8.

「怎……怎麼了？」我結結巴巴的問。

「我們是雙胞胎！」妮蘿大聲說道。她伸手到西裝外套底下拉出脖子上戴著的墜子。

那是個琥珀墜子，形狀和我的完全一樣。

「真是稀奇！」舅舅驚呼著。

妮蘿用手指頭緊緊抓住我的墜子，並低下頭來仔細檢視著。「你的裡面有一隻聖甲蟲。」她一邊告訴我，一邊用手指轉動墜子。

她放下我的墜子，把她的墜子拿高，讓我看清楚。

「你看，蓋博，我的是空的。」

這句英文怎麼說

我可不想在脖子上戴著一隻死蟲子。
I wouldn't want to wear a dead bug around my neck.

我注視著她的墜子。墜子晶透得有如橙色玻璃，裡面沒有任何東西。

「我想妳的比較漂亮，」莎莉告訴妮蘿，「我可不想在脖子上戴著一隻死蟲子。」

「不過照理來說，那應該會帶來好運之類的。」妮蘿回答。她把墜子塞回她的白外套下。「我希望空空的不會帶來什麼厄運才好。」

「我也這麼希望。」舅舅面無表情的說。接著他轉過身去，帶我們進入金字塔的入口。

我不太確定自己是怎麼迷路的。

我和莎莉一起走在舅舅和妮蘿身後，和他們貼得很近。走的時候，我還可以聽見舅舅解釋石灰岩和花崗石通道牆壁如何如何的。

我們頭盔上的燈是亮的。當我們一路深入、又更深入的進入金字塔裡時，細細的黃色光束投射下來，在揚滿灰塵的通道地上和牆上交錯著。

通道頂很低，我們走動時全得彎下身來。通道彎彎曲曲的，還有好幾個小通道分岔出去。「錯誤的開始，不通的死路。」舅舅是這麼形容這些小通道的。

我們頭盔上的燈光閃爍不定，要看路很難。有一次，我差點跌倒，手肘刮到粗糙不堪的通道壁。下面出人意料的冷，我眞希望我穿了毛衣什麼的來。

在前頭的舅舅正在說圖唐王和科荷魯親王的事給妮蘿聽。我聽起來，覺得他好像在賣力要讓小姐留下深刻印象似的。我猜他是不是迷戀上她或什麼的。

「好刺激哦！」我聽見妮蘿的驚叫聲。「你和斐德寧博士眞是太好了，願意讓我進去看。」

「斐德寧博士是誰啊？」我小小聲的問莎莉。

「我爸的合夥人。」莎莉也小聲回答我。「但我老爸不喜歡他。你可能會有機會見到他。他老愛在我們身邊轉，我也不太喜歡他。」

我停下腳步去看通道牆壁上的一個怪記號。記號的形狀像是某種動物的頭。

「莎莉——妳看！」我低聲說，「古代的圖形。」

莎莉翻翻白眼。「是卡通人物霸子·辛普森好嗎？」她嘀咕著，「一定是老爸的某個工作人員畫上去的。」

這句英文怎麼說

我只是試試你罷了。
I was just testing you.

「我知道啦！」我謊稱，「我只是試試妳罷了。」

什麼時候我才能不在莎莉面前當傻瓜？

我轉身背對牆上愚蠢的圖形——然而，莎莉卻不見了。

我可以看見前方有她的硬帽頂上照射出來的細細光束。「喂——等等我！」

我大叫，但是光線在通道轉彎處消失不見了。

我一個沒站穩，頭盔撞上了通道的牆壁，光線滅掉了。

「喂——莎莉？舅舅？」我大聲呼喊他們，身體重重的倚在牆上，很怕在一片烏漆抹黑中移動。

「喂——！有人聽見我的聲音嗎？」我的聲音在狹窄的通道裡迴盪。

沒人回應。

我把硬帽扯下來，無意識的撥弄著頭燈。我轉動燈，想把它弄緊，然後搖動整頂帽子。不過，光線還是回不來。

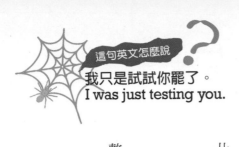

我一邊嘆氣，一邊把帽子戴回頭上扣好扣帶。

現在該怎麼辦呢？我想著想著，開始產生一絲懼意。我的胃開始翻攪，喉嚨突然很乾。

「喂——！有人聽見我的聲音嗎？」我大聲吼道，「我在後面一片黑暗裡，沒辦法走動呀！」

沒有回應。

他們到哪裡去了？他們難道沒注意到我不見了嗎？

「我看我只好在這裡等他們了。」我喃喃自語。

我把肩膀靠向通道壁——居然直接穿牆掉了下去。

我無法保持平衡。什麼都抓不到。

我穿越一片全然的漆黑，不斷、不斷的往下跌落。

這句英文怎麼說

這一切發生得太快了。
It all happened too fast.

9.

當我往下掉的時候，我的手狂亂的揮動著。

我瘋狂的想構到一些東西來抓。

這一切發生得太快了，我沒來得及叫出聲來，背部就重重的著地。我的手和腿都超痛的！四周天旋地轉，一片漆黑。

我被撞得無法呼吸。眼前冒出幾顆金星後，一切復歸於黑暗。我奮力想要呼吸，可是無法吸進任何空氣。

我的胸部有種可怕的沉重感，就像被籃球擊中胃部時一樣。

最後，我坐起身來，努力的想在黑暗中看清楚東西。一種柔和、雜亂的聲音傳入我耳朵，好像是東西刮過堅硬泥地的聲音。

「喂——！有人聽見嗎？」我的聲音沙啞微弱。

現在，我的背也痛了起來，不過我已經能開始正常呼吸了。

「嘿——我在底下呀！」我叫喊著，聲音大了一點點。

沒有回應。

他們沒發現我不見了嗎？他們沒在找我嗎？

我用手撐住身體往後靠，漸漸覺得好些了，但是右手卻癢了起來。

我伸手去抓，把某種東西撥掉。

我的腳也癢了起來，左手手腕感覺到有東西在爬。

我全身都痲痲刺刺的，手臂和腿上都有微微針刺的感覺。

我甩動雙臂，跳了起來，頭盔重重撞到低處一個凸出的東西。

燈光突然一閃，亮了起來。

在細微的光線下，我看見地上爬行的東西，不禁急促的喘起氣來。

是蜘蛛！成千上萬隻肥肥圓圓的白蜘蛛，厚厚的鋪滿密室的地上。

牠們在地上到處亂竄時，爬過彼此的身上。

這句英文怎麼說

一隻蛇從我的上方滑下來。
A snake slid down from above me.

我猛一抬頭，頭燈也隨之掃動，看見石牆上也爬滿蜘蛛。白色的蜘蛛讓牆面看起來似乎會移動，彷彿牆是活的。

蜘蛛掛在從密室頂上垂下的隱形絲上，似乎在半空中穿梭飄浮。

我從手背上甩掉一隻。

猛一吸氣後，突然意識到腿爲什麼會癢了。

蜘蛛爬滿了我的雙腿，爬上了我的手臂，還往下爬到我的背部。

「救命呀——來人哪！拜託救救我啊！」我發出淒厲的叫聲。

我可以感覺到有隻蜘蛛掉到我的頭頂上。

我瘋狂的一拍，把牠揮掉。「來人哪——救救我！」我放聲尖叫，「有人聽見我的聲音嗎？」

緊接著，我看見更恐怖的事，恐怖萬分的事情。一隻蛇從我的上方滑下來，迅速往下的對著我的臉直衝而來。

10.

當蛇無聲無息的朝著我落下時，我急忙蹲下並盡力護住頭部。

「抓緊！」我聽見有人高喊道，「快抓住它！」

我驚訝的大叫一聲，抬頭仰望，光線也隨著往上照去。我看見上面垂下來的不是蛇，而是一條繩子。

「抓緊啊，蓋博！快點！」莎莉從上面的高處急急大喊。

我拍落蜘蛛，狂亂的踢掉球鞋上的蜘蛛，用雙手緊緊攀住繩子。

我感覺得到有人正在用力的拉我，拉我穿越黑暗，回到上面通道的地上。

幾秒鐘後，舅舅伸手下來從肩膀下抓住我。我被舅舅提了上去，看見莎莉和妮蘿正使出所有力氣拉住繩子。

你怎麼稱呼那種舞步的？
What do you call that dance?

當我腳踏實地時，高興得歡呼出聲。不過，我沒高興得太久，因爲我整個身體感覺像著了火般。

我發狂似的猛踢著腿，把蜘蛛從手臂上拍掉，從背上抓下來。蜘蛛從我身上竄逃下來後，我更是使勁的把牠們踩扁。

我抬起眼來，看見莎莉正在笑我。「蓋博，你是怎麼稱呼那種舞步的啊？」她問。

班舅舅和妮蘿也笑了。「蓋博，你怎麼會跌到那下面去的？」舅舅追問道，還往下窺視了蜘蛛密室一眼。

「牆壁……塌掉了。」我一邊告訴舅舅，一邊還猛搔著我的腿。

「我以爲你還和我在一起咧。」莎莉加以說明，「我轉過身後……」她的聲音越來越小。

班舅舅用頭盔上的光束照射下方的密室。「跌得可眞是深呀！」舅舅說著轉身面對我，「你確定眞的沒事嗎？」

我點點頭。「是啊，我想沒事的。我的確是摔得很慘，然後蜘蛛……」

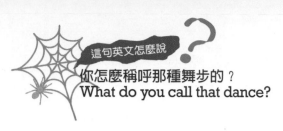

「一定有數以百計像那樣的密室，」舅舅發表他的見解，還瞄了一下妮蘿。「金字塔的建造者建了很多的通道和密室——爲得是要擾亂盜墓賊，不讓他們找到眞正的墓室。」

「好噁心哦！這些蜘蛛超肥的！」莎莉發出呻吟，倒退三步。

「下面還有好幾百萬隻呢！」我告訴她，「牆壁上、天花板上，到處都是。」

「我會做惡夢的。」妮蘿怯聲說，並往班舅舅貼近。

「你確定你沒事嗎？」班舅舅又問了一次。

我正要回答，卻突然想起我的木乃伊手。小手就塞在我的後口袋裡。我跌落著地時會不會把它壓扁了？

我的心緊揪了一下。我可不希望小手發生什麼況狀，那是我的幸運符。

我把手伸進牛仔褲口袋，把木乃伊手拉了出來，在頭盔的燈光下仔細檢查。看到它完好無事，我才放心的鬆了一口氣。小手還是冰冰冷冷的，不過至少沒壓壞。

「那是什麼？」妮蘿傾身靠過來想看清楚。她撥撥落到臉上的長髮。「是『召

這句英文怎麼說

它可能是個古物。
It might be an ancient relic.

喚令』嗎？」

「妳怎麼會知道？」我追問著，還把木乃伊手拿高讓她可以看得更清楚。

妮蘿很專注的盯著它。「我知道不少關於古埃及的事，」她回答，「我這輩子都在研究與古埃及相關的事物。」

「它可能是個古物哦！」舅舅插嘴說道。

「也有可能只是個破爛的紀念品。」莎莉補了一句。

「它眞的擁有力量，」我堅持的說，並小心翼翼的拂著它。「我跌到下面時就壓在它上頭，」我指指蜘蛛密室，「不過，它並沒有被壓壞。」

「我想它一定是個幸運符。」妮蘿表示，並轉身回到舅舅身邊。

「那麼它爲什麼沒讓蓋博不要穿牆掉下去呢？」莎莉立刻開我玩笑。

我還沒來得及回答，就看到木乃伊手動了一下。小小的手指頭慢慢的捲了起來，張開，然後又合了起來。

我大叫一聲，幾乎把它跌落到地上。

「蓋博——現在又怎麼啦？」舅舅尖聲追問。

「呃……沒事。」我回答。

反正他們是不會相信我的。

「我想就目前來說，我們已經探索得夠多了。」舅舅說。

我們一路走回入口處，我把木乃伊手舉到面前。

我沒有眼花。我非常確定，手指頭剛剛真的動了。

不過，這是爲什麼呢？

它是想給我什麼訊息嗎？還是想試著警告我什麼？

這句英文怎麼說

手指頭剛剛真的動了。
The fingers really had moved.

11.

兩天後，班舅舅的工作人員已經抵達墓室門口了。

我和莎莉這兩天都待在帳篷裡打發時間，不然就是到金字塔外的區域去探險。不過幾乎到處都是沙地，所以也沒什麼好探索的。

我們花了一整個長長的下午，一局又一局的玩著聖甲蟲牌（註）。和莎莉玩聖甲蟲牌一點都不好玩。她是超級防禦型的，花了好幾個鐘頭想盡辦法來堵牌面，不讓我得到好的字卡。

不管什麼時候，只要我出了一個厲害的好字，莎莉就會宣稱那個字不是眞正的字，所以不算數。因爲帳篷裡沒有字典，所以大部分的爭論都是她贏。

在此同時，班舅舅的壓力似乎非常的大。我想他或許是因爲終於到了要打開

陵墓的時刻了，才緊張萬分的。

他幾乎不和我和莎莉說話。不過他倒是花了很多時間和我不認識的人會面。他看起來似乎很嚴肅，一副很公事公辦的模樣，連常常出現的拍背和玩笑話都不見了。

舅舅還花了很多時間和妮蘿講話。起先她說她想要寫有關於舅舅在金字塔裡的發現，但現在她又決定要寫一篇關於舅舅的文章。她幾乎把舅舅說的每個字都一字不漏的記在她隨身攜帶的便條本上。

到了早餐的時候，他終於露出兩天來的第一個笑容。「就是今天了。」他宣布道。

我和莎莉掩不住興奮。「你會帶我們去嗎？」我問。

舅舅點點頭。「我要你們在現場，」他回答，「今天我們或許會創造歷史。今天或許會成爲值得你們終身紀念的一天。」他聳聳肩，若有所思的補上一句，「或許。」

幾分鐘後，我們三個人跟在幾個工作人員之後越過沙地，朝金字塔出發。天

這句英文怎麼說

今天我們或許會創造歷史。
Perhaps we will make history today.

空灰濛濛的，厚重的烏雲在低空盤據不去，一副就要下雨的樣子。暗黑的金字塔巍峨的矗立著，與烏雲相接。

我們接近背牆底部的小入口時，妮蘿跑了過來，相機在她胸前晃來晃去。她穿了一件長袖的藍色牛仔布工作上衣，搭配一條褪色的鬆垮牛仔褲。班舅舅親切的和她打招呼，「不過，還不能拍照，」他堅定的告訴她，「沒問題吧？」

妮蘿回以一笑，綠色的眼眸露出興奮的光采。她把手舉到胸前，拍胸脯說道：「沒問題的！」

我們都戴上了從裝備車中取出的黃色硬帽。班舅舅還帶了一個大石槌。他低身進入入口，我們也跟了進去。

當我加緊腳步跟上莎莉時，心臟跳得飛快。我們頭上的燈光在狹窄的通道裡面交錯照射著。工作人員在前方較遠處說話的聲音，和挖掘時工具規律的摩擦聲傳入我的耳中。

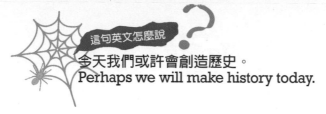

「酷斃了！」我上氣不接下氣的對著莎莉驚叫道。

「或許陵墓充滿了珠寶喲。」我們繞過一個彎前進時，莎莉低聲對我說。「藍寶石、紅寶石、翡翠啦。或許我還有機會試戴一下埃及公主鑲滿珠寶的王冠呢！」

「妳想，墓室裡頭會不會有木乃伊？」我問道。我對於金銀珠寶沒什麼興趣。「妳想，科荷魯親王被製成木乃伊的身體會不會就躺在那裡，等著被人發現？」

莎莉做了個厭惡的表情。「你是不是滿腦子只想到木乃伊啊？」

「喂，我們現在就在一座古埃及的金字塔裡呀！」我頂了回去。

「那個墓裡面可能會有價值連城的珠寶和古代遺物呢！」莎莉大聲說道，「而你腦袋瓜裡只有一些用瀝青和繃帶纏起來的發霉古屍。」她搖了搖頭，「你知道嗎，大多數的孩子八、九歲的時候就結束對木乃伊的迷戀了。」

「舅舅就沒有！」我回她一句。

這讓她閉上了嘴。

我們在沉默中跟著妮蘿和班舅舅前進。過了一會兒，狹道出現一個急轉直上的大彎。我們順著路往上爬，空氣越來越溫熱。

我看得見前面的燈光。遠遠的牆壁上掛著兩盞由蓄電池供電的探照燈。當我們走近時，我發現那不是牆，而是一扇門。

這句英文怎麼說

這讓她閉上了嘴。
That shut her up.

四名工作人員——兩男兩女正跪在地上，用小鏟子和小鶴嘴鋤在工作。他們正在努力的把門上最後幾撮泥土刮掉。

「看起來眞美！」舅舅放聲一喊，便往工作人員跑去。他們轉身相迎。

「眞是名符其實的令人敬畏啊！」他驚呼道。

妮蘿、莎莉和我跟在他後面到來。舅舅沒說錯，古代的門眞是令人敬畏哪！門不是很高，我看見舅舅得彎下身才能走進去。但這門看起來就像是一扇符合親王身分的門。

烏沉沉的桃花心木——現在已經石化啦——一定是從遙遠的地方被運來的。我知道埃及並不出產那種材質的樹木。

門面從上到下覆滿了奇奇怪怪的象形文字。在這些深深蝕刻入木的象形文字裡，我認得出鳥、貓，和其他一些動物。

最讓人吃驚的莫過於鎖住門扇的封印——那是一隻猙獰的獅子頭，用黃金雕刻而成。光線從探照燈上打下來，讓獅子有如在陽光下燦爛生輝。

「黃金是軟質的，」我聽見其中一位工作人員告訴班舅舅，「所以很容易拆掉。」

舅舅把他那沉重的石槌放到地上，目不轉睛的盯著閃閃發亮的獅頭很久很久，然後轉身面對我們。「他們認爲這隻獅子可以把所有的入侵者嚇離陵墓。」他說明，「我想到目前爲止還算管用。」

「翰斯博士，封印眞正拆除的時候我一定得拍照，」妮蘿說道，趨前走近他身邊，「你一定要讓我拍。我們不能讓這一刻完全沒有留下記錄來。」

他沉思的看著她，「呃……好吧！」他同意。

她舉起相機，欣喜的笑容浮現臉上。「謝謝你，班。」

工作人員往後退開。其中一個人將一把榔頭，和一個樣子看起來像是醫生用的解剖刀的精細工具交給舅舅。「看你的了，翰斯博士。」她說。

舅舅舉起工具，走近封印。「封印一拆除，我們就會打開門，踏入一間四千年來從未被人發現的房間。」他宣布。

妮蘿用一隻眼睛仔細的看著她的照相機，小心翼翼的調整鏡頭。

我和莎莉往上走到工作人員身邊。

這句英文怎麼說

她緊張得直咬下唇。
She was nervously chewing her lower lip.

班舅舅舉起工具時，黃金獅子閃耀的光芒似乎更加璀璨了。通道裡寂靜無聲，我可以感受到那種興奮，以及空氣中緊繃的氣氛。

好緊張啊！

我發現自己屏住了呼吸，然後悄悄把氣長噓出去，接著又吸了另一口氣。

我瞄了莎莉一眼。她緊張得直咬下唇，兩隻手緊緊的壓在身體兩側。

「有人肚子餓嗎？或許，我們應該忘掉這個，外叫一個披薩！」舅舅還在開玩笑。

我們全都大聲的笑了出來。

那就是班舅舅的個人風格——在一生中最緊張刺激的時刻爆出一個冷笑話。

緊張的沉默時刻回來了。舅舅的表情轉爲嚴肅。他回身轉向古封印，舉起小小的鑿子對著封印背後。正當他舉起榔頭時……

一記低沉的聲音轟隆隆的響起，「請——讓我平靜的安息吧！」

註：一種複雜的英文字彙遊戲。

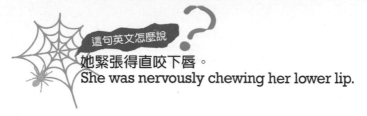

12.

我驚聲尖叫。

「讓我平靜的安息吧！」隆隆的低沉聲再次響起。

我看到舅舅放下了鑿子。他回過身來，驚訝得瞠大了雙眼。

我發現聲音來自我們後方。我轉身看到一個從未謀面的男人，半隱藏在陰影幢幢的通道裡。他對著我們走過來，腳步又大又沉穩。

他是個又高、又瘦的傢伙，他高到必須要蹲伏著才能在低矮的通道裡行動。

他有一張瘦長的臉，薄薄的嘴唇上帶著不友善的陰沉之色，除了兩邊耳鬢各有一撮黑頭髮之外，整顆頭光禿禿的。

他在襯衫和領帶上穿了一件燙得筆挺的非洲狩獵外套。一雙黑色的眼睛就像

這句英文怎麼說

讓我平靜的安息吧！
Let me rest in peace!

小小的葡萄乾，瞪著我舅舅看。我心想這男人是不是沒吃過飯哪！他瘦得皮包骨似的，簡直可以比美木乃伊了。

「奧馬——！」舅舅驚叫道，「沒想到你會從開羅回來。」

「讓我平靜的安息吧！」斐德寧博士又說了一遍，這次的聲音柔和了一些。「這是科荷魯親王說的話，就寫在我們上個月發現的古石塊上面。那是他的心願。」

「奧馬，這個我們已經討論過了。」舅舅回他一句，連嘆幾口氣。他把榔頭和鑿子放下來，靠近身邊。

斐德寧博士推開我和莎莉逕自走過去，彷彿我們不存在似的。他在舅舅面前停下腳步，用手拍拍自己光禿禿的後腦勺。「那，你怎麼還敢拆除封印？」斐德寧博士追問著。

「我是個科學家。」舅舅緩緩的回他，字字清晰明白。「奧馬，我不能容許我們的發現因爲迷信而受阻。」

「我也是個科學家啊！」斐德寧博士一邊回答，一邊用雙手調緊了他的領帶，

「不過，我不願意玷污這座古墓，不願意違背科荷魯親王的願望，也不願意只把這些象形文字當作迷信來看。」

「這就是我們無法取得共識的地方。」舅舅溫和的表示。他對著四位工作人員的方向走去。「我們已經投注好幾個月、好幾年的心力在這上面了，怎能在就差那臨門一腳的現在喊停！奧馬，我們都走到這個地步了，必須走完全程。」

斐德寧博士咬了咬下唇，指著門頂上。「班，你看。這裡也有和石塊上相同的象形文字，這是同一句警告啊！讓我平靜的安息吧！」

「我知道，我知道。」舅舅皺了皺眉頭回道。

「警告已經非常明顯了。」斐德寧博士情緒激動的繼續說著，他瞇起一對葡萄乾似的小眼睛看著我舅舅，「如果有人膽敢騷擾親王，如果有人膽敢把寫在墓室上的古咒語重複唸五次——已經化爲木乃伊的親王就會復活，尋找騷擾他的人復仇。」

聽到這些話，我發起抖來。

我使勁的瞪著舅舅。爲什麼他從來不曾告訴過莎莉和我關於親王的恐嚇呢？

這句英文怎麼說

警告已經非常明顯了。
The warning is very clear.

爲什麼他從來沒提過他們發現的石塊上還寫了警告的話呢？

他是不是怕嚇到我們？

還是他怕嚇到自己？

不會的，絕對不會。

正和斐德寧博士爭論的舅舅看起來根本沒有一點被嚇到的樣子。我看的出來，他們以前一定爲這件事爭吵過。我也看的出來，斐德寧博士絕對沒有辦法阻止我舅舅拆除封印，進入墓室裡。

「我最後一次警告你，班——」斐德寧博士說，「爲了在場的各位……」他一隻手比向四位工作人員。

「迷信！」舅舅回答，「我可不會因爲迷信而停手。我是個科學家。」他舉起鑿子和榔頭，「封印一定會被拆除的。」

斐德寧博士嫌惡的舉雙手反對。

「我是不會參與的。」他說完便轉過身去，頭幾乎撞到通道頂。只見他嘀嘀咕咕的對自己唸了幾句後，匆匆離去，迅速的消失在黑暗的通道裡。

舅舅跟著他走了幾步，喊道，「奧馬——！奧馬！」

不過我們倒是可以聽見斐德寧博士逐漸遠去的腳步聲，一路出了金字塔。

舅舅嘆了一口氣，傾身靠近我。

「我不信任那個男人，」他咕噥著，「他不是眞的顧慮什麼古代的迷信，而是想竊取發現，佔爲己有。這才是他一心想把我擋在門外的眞正原因。」

我不知道怎麼回答才好，舅舅的話讓我非常訝異。我以爲科學家對於誰發現東西的論功方式有一定規矩的。

舅舅低聲對妮蘿講了一些話，然後轉身回到四個工作人員身邊，「如果你們之中有人贊同斐德寧博士的話，」他對他們表示，「現在可以自由離開。」

工作人員彼此交換了眼色。

「你們都聽見墓門上的警告了。我不想強迫任何人非進去不可。」舅舅告訴他們。

「不過，我們一直工作得那麼賣力，」其中一個男人說話了，「可不能就此打住啊！我們一定要打開墓門，沒有其他選擇。」

這句英文怎麼說

你不用不好意思。
You don't have to be embarrassed.

班舅舅的臉上露出了笑容。「我同意。」他說完便轉身再度面對獅頭封印。

我瞄了莎莉一眼，發現她已經在盯著我看了。「蓋博，如果你怕的話，老爸會讓你離開的。」她低聲對我說，「你不用不好意思哦。」

她就是不肯罷手！

「我要留下來，」我低聲頂回去，「不過，如果妳要我陪妳回營帳，我會奉陪的。」

好大一個匡啷聲讓我們兩個人都回頭轉向墓門。舅舅正在努力撬開獅頭封印。妮蘿的相機已經擺好位置，工作人員緊張的站在一旁，注視著舅舅的每一個動作。

舅舅緩慢而小心的進行著工作。他把鑿子放到古封印的後方，手勁輕柔的撬著、磨著。

幾分鐘後，封印落入舅舅的手中。妮蘿忙著拍照，一張接一張。舅舅小心翼翼的把封印交給其中一位工作人員。「這不是耶誕禮物喲，」舅舅開玩笑的說，「我要留起來當作壁爐上的裝飾。」

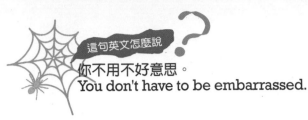

大家聽到這話都笑了出來。

舅舅雙手抓住門的邊緣。「我先進去，」他當眾宣布，「如果我二十分鐘後還沒有回來，就去告訴斐德寧博士，他說的沒錯！」

大夥兒笑得更厲害了。

兩位工作人員上前協助舅舅推門。他們用肩膀頂住墓門，用力推。

墓門紋風不動。

「可能需要上點油吧。」舅舅開玩笑，「畢竟這扇門已經關閉了四千年了。」

他們拿了鶴嘴鋤和鑿子又努力了幾分鐘，小心萬分的鬆著門。接著，他們又試了一次，用肩膀頂著沉重的桃花心木門。

「開了！」門開了一吋，舅舅叫喊出來。

又開了一吋，再一吋。

每個人都往前擠，急著想探探古墓裡的情況。

兩位工作人員移來了大型探照燈，對準門口照過去。

正當舅舅和他兩位助手忙著推門時，我和莎莉往上走到妮蘿身邊。

這句英文怎麼說

真不敢相信我是唯一在場的記者。
I can't believe I'm the only reporter here.

「眞是太神奇啦！」妮蘿興奮的大喊，「眞不敢相信我是唯一在場的記者！我眞幸運！」

我也很幸運啊，我發覺。有多少小孩會願意付出一切來和我交換站在這裡的機會？有多少小孩會愛死了成爲全世界進入四千年金字塔古墓的首批人員？我家鄉一些朋友的臉突然出現在我腦海裡。我簡直等不及要告訴他們我這趟冒險的點點滴滴！

門重重的摩擦著泥土地面，發出吵雜的聲音。一吋，再一吋。開口幾乎大到足以容納一個人擠進去。

「把燈光再調近一點。」舅舅指示著。「再開幾吋，我們就可以進去和親王握手了。」

門磨著地，又開了一吋。舅舅和助手奮力往上一抬，迫使門又開了幾吋。

「開啦！」他高興的大喊。

妮蘿拍了一張照片。

我們全都熱切的往前擠去。

舅舅首先從開口側身擠進去。

莎莉撞開我，搶到我前頭。

我的心臟怦怦直跳，雙手在瞬間變得十分冰冷。

我不管誰先進去，我只想進去！

我們一個接一個擠進了古代的密室裡。

終於輪到我了。我一個深呼吸，穿過了開口——

眼前空無一物。

除了一堆蜘蛛網外，密室裡空蕩蕩的。

完全沒有東西。

這句英文怎麼說

除了一堆蜘蛛網外，密室裡空蕩蕩的。
Except for a lot of cobwebs, the chamber was bare.

13.

我長嘆一聲。可憐的班舅舅，一切的努力都白費了。我覺得好失望。

我環視空空如也的密室一圈。探照燈的光線讓厚厚的蜘蛛絲看起來閃亮如銀。我們的影子在泥土地上拖得長長的，有如幽靈。

我轉向舅舅，認爲他也會一樣失望。但出乎我意料的是，他居然面帶笑容。

「把燈光移過來。」他告訴其中一位工作人員，「帶工具來。我們還有一個封印要拆。」

他手一抬，掠過空曠的房間指向後面的牆上。光線晦暗，不過我隱約可以看出一個門的形狀。另外一個雕刻出來的獅子封住了門，將門鎖住。

「我就知道這不是眞正的墓室！」莎莉大叫，對我咧嘴一笑。

「正如我之前說過的，埃及人常做這種事。」舅舅解釋道，「他們常會多建幾間假的密室來混淆盜墓賊，隱藏眞正的墓室所在。」他扯掉頭上的硬帽，抓抓頭髮。「事實上，」他繼續說，「在我們找到科荷魯親王眞正安息的地方前，可能還會陸續發現幾個空的密室。」

妮蘿拍了一張舅舅在檢視新發現的門的模樣。她對我露出一個微笑。「你眞該看看自己剛才臉上的表情，」她說，「你看起來失望極了。」

「我還以爲……」我正開口要講話，但舅舅手中的鑿子抵住封印的刮擦聲讓我停了下來。

我們全都轉身去看他拆封印。我的目光越過結滿蜘蛛網的房間，試圖想像在門的另一邊等待我們的不知是什麼景象。

又是另一間空蕩蕩的密室？或者，是一個埋葬了四千年之久的埃及親王，四周堆滿了他的金銀財寶和用品？

開門的進度很緩慢。全部的人都先休息吃午餐，然後再回來。當天下午，舅舅和他的助手又工作了幾個小時，小心謹愼的進行拆除工作，希望在沒有損壞的

這句英文怎麼說

獅子封印從門上滑了下來。
The lion seal slid free the door.

情況下將封印拆除。

他們工作的時候，莎莉和我就坐在地上看。空氣燠熱，夾雜著一股酸味。我猜這應該是古代的空氣。我和莎莉聊到去年夏天我們在古夫王金字塔中冒險的事。妮蘿幫我們拍了張照片。

「快好了！」舅舅高聲宣布。

大家又興奮了起來。我和莎莉爬起來，穿過房間，想讓視線好一點。

獅子封印從門上滑了下來。兩位工作人員將它輕輕的放入一個有襯底的小木箱裡。然後，舅舅和另外兩個工作人員又開始進行推門的工作。

這扇門比之前的更難打開。「這門……真的……卡住了。」舅舅哼哼啊啊的說。他和工作人員取出更多工具，開始又撬、又削的挖除幾十個世紀來在門口堆積出來的堅硬沉積物。

一個鐘頭後，他們讓門滑開了一吋。然後又一吋，再一吋。

當門半開後，舅舅把他頭盔上的燈拿下來，從開口探照進去。他往下一個房間窺視了好長一段時間，不發一言。

我和莎莉靠過去。我的心又開始狂跳了。

他看見什麼啦？我心裡猜測著。什麼東西讓他靜默的注視了那麼久？

舅舅終於放下了燈，轉身回來面對我們。

「我們犯了一個很大的錯誤。」他靜靜的表示。

這句英文怎麼說

我們犯了一個很大的錯誤。
We've made a big mistake.

14.

駭人的沉寂瀰漫了整個房間。我用力的嚥下口水，舅舅的話嚇到了我。

但接著，他臉上換上了特大號的笑容。「這個錯誤是低估了我們的發現成果！」他驚喜的大叫出來，「這個發現比圖唐卡門王的還要重大！而墓室也更為宏偉！」

欣喜的歡呼聲在石牆之間迴盪著。工作人員急忙衝上前去和舅舅握手，並恭喜他。

「恭喜我們大家！」舅舅興奮的高聲說道。

在穿過狹窄的開口進入下一個密室時，我們高興的笑著、興奮的高談闊論。

當燈光打在這寬闊的房間時，我知道眼前所見的情景將讓我終身難忘。即使

是厚厚的灰塵和蜘蛛網，也無法掩去佔滿整個房間的驚人財寶。

我的目光飛快的四下打量，努力想要看清所有的東西，只是這裡的東西多到看不完。我真的看到頭昏眼花咧。

四面的牆從地板到天花板都佈滿象形文字，蝕刻在石塊上。地板上傢俱和物品成堆散置，看起來就像某個人家的閣樓或儲藏室，反而不像座墳墓！

一個高大、直背的寶座捉住了我的目光。寶座的椅背上嵌刻著一顆光芒萬丈的黃金太陽。寶座的後面放置了幾張椅子和板凳，以及一張長臥榻。

好幾打的石甕和瓦甕倚牆堆疊，有些甕上面不僅有裂痕還破掉了。不過，很多甕的保存狀況都還非常完好。

地板的正中央側放著一個黃金製的猴子頭。我看見猴子頭的後面擺了幾個大箱櫃。

舅舅和一位工作人員小心翼翼的把其中一個箱櫃的蓋子掀開。當他們瞥見裡頭的東西時，眼睛瞠得超大。

「珠寶！」舅舅高聲宣布，「全部都是金飾！」

這句英文怎麼說

她點頭同意。
She nodded agreement.

莎莉探到我身邊，臉上帶著興奮的笑容。

「酷斃了！」我低聲吐出一句。

她點頭同意，「酷斃了！」

在一片沉重的靜穆中，我們兩人低聲交談著，其他人都沒有說話。每個人都被這令人驚奇的景象震懾得目瞪口呆。房裡最大的聲響就是妮蘿照相機發出的喀嗒聲。

舅舅走到我和莎莉的中間，兩手分別放在我和莎莉的肩頭，「難以置信吧？」他叫道，「全都保存得如此完好，四千年來從沒有人碰過。」

我抬頭瞄了舅舅一眼，看見他眼中閃著淚光。我體會到，這是舅舅一生中最偉大的時刻！

「我們一定要非常謹慎……」舅舅話才說到一半卻突然打住，我看到他臉上表情一變。

他領著莎莉和我穿越房間，我看見他盯著的是什麼了。那是一個很大的石製棺柩，隱藏在陰影中，靠在遠遠的牆邊。

「哇啊！」當我們加快腳步往前走時，我喃喃自語著。

棺柩是用光滑的灰色石頭製成的，沉重的棺蓋中央有一道長長的裂痕。

「親王就葬在裡面嗎？」莎莉熱切的問道。

舅舅好一會兒之後才回答。他站在我們兩個中間，眼睛定定的鎖住眼前的古木乃伊棺柩。「我們很快就知道了。」他終於答話。

正當他和四位工作人員奮力的想移開棺蓋時，妮蘿放下照相機，並走上前去看。她的一雙碧眼專注的盯著緩緩被移開的棺蓋。

裡面是一個木乃伊形狀的棺材，長度不長，比我想像中應有的寬度還窄。

工作人員慢慢的把棺材頂蓋撬開。當裡頭的木乃伊出現在眼前時，我倒抽了一口氣，緊緊抓住舅舅的手。

它看起來好小、好脆弱！

「科荷魯親王！」舅舅低聲呢喃著，目光向下注視著石棺裡頭。

親王平躺著，纖細的兩隻手臂在胸前交叉。黑色的瀝青透出了纏繞的繃帶，而繃帶早已經破損從頭上脫落，露出裡面覆滿瀝青的頭顱。

這句英文怎麼說

親王就葬在裡面嗎？
Is the prince buried inside it?

當我傾身探近棺柩上方時，緊張得心臟快跳出來了。被瀝青弄黑的一雙眼睛似乎無助的朝上凝視著我。

裡面有一個眞人哪，我心裡想著，感覺到一陣寒意從脊椎竄下。他的身材和我差不多，但卻已經死了。他們用滾燙的瀝青和布來覆蓋他。而他已經在這棺材裡躺了四千年了呀！一個眞人，皇室的親王。

我凝視著覆蓋在他臉上已經玷污、又出現裂紋的瀝青，再看看纏繞著他的繃帶，這些繃帶已經破損發黃。然後凝視他僵硬的身軀，好脆弱、好矮小的身軀。

他曾經生龍活虎過。他作夢時曾經想過，四千年後會有人打開他的棺材，凝視著他嗎？凝視他已經化爲木乃伊的身軀？

我後退一步調整自己的呼吸。這眞是太刺激了！

我看到妮蘿的眼中也泛著淚光。她兩手擺在棺柩邊緣，傾身在親王的身軀上方，兩眼定定的鎖住發黑的臉龐。

「這或許是有史以來發現的遺體中保存得最好的了。」舅舅平靜的表示，「當然了，我們還得做很多檢驗來證實這位年輕男子的身分。不過，從這間密室其他的東西來判斷，我想可能性相當高……」

他的聲音變弱了，我們聽見外面密室傳來的聲音。有腳步聲，有人聲。

我朝門口轉過身去，四個穿著黑色制服的警察突然闖入。「好了，所有的人都後退一步。」其中一個人下命道，他把手放低，擱在身旁的槍袋旁邊。

這句英文怎麼說

什麼都不要動。
Do not move anything.

15.

驚叫聲充斥了整個房間。班舅舅轉過身去，眼睛因爲驚訝而睜得很大。「怎麼回事？」他大喝一聲。

四個開羅警察，特色都是濃眉深鎖，迅速的來到房間中央。

「小心！」班舅舅出聲警告，他站在木乃伊棺柩前面，一副捍衛的姿態。「什麼都不要動。這些東西脆弱得不得了。」

他扯掉頭上的硬帽，目光從其中一位警察移到另一位警察身上。「你們到這裡做什麼？」

「是我要他們來的。」門口冒出一個聲音。

斐德寧博士走進門來，一臉高興的表情。他小小的眼珠子興奮得轉來轉去。

「奧馬——我不懂！」舅舅開口說話，並朝另外一位科學家靠近幾步。

「我認爲最好要保護這房間裡的東西。」斐德寧博士回答。他的眼光迅速的打量了房間一遭，把所有財寶收入眼底。

「太棒了！眞是太棒了！」他放聲大喊，走向前和班舅舅熱烈的握手。「恭喜了，各位！」他大聲說。「幾乎讓人無法置信！」

舅舅的表情和緩了下來。「我還是不懂爲什麼需要他們，」他說著走向那幾個表情冷漠的警察，「這個房間裡又沒人會偷任何東西。」

「當然不會啦，」斐德寧博士回答，並握住舅舅的手又捏又擠的。「當然不會。不過，風聲很快就會傳出去，我想我們應該做好準備，守護我們發現的東西。」

舅舅懷疑的瞄了瞄那四個警察，但之後，他只是聳聳他寬闊的肩膀。「或許你是對的。」他告訴斐德寧博士，「也或許是你變聰明了。」

「只要不理會他們就好了，」斐德寧博士回答。他拍拍舅舅的背。「班，我欠你一個道歉。之前我試著阻止你是不對的。身爲一個科學家，我應該要更明白這個道理的。我們要打開墓室，給世界一個交代。希望你能原諒我。我們有太多

這句英文怎麼說

我還是不懂為什麼需要他們。
I still do not understand the need for them.

值得慶賀的事了——不是嗎！」

「我不相信他，」當晚我們從帳篷走去吃晚餐時，班舅舅說出他心裡的話，「我完全不信任我這個夥伴。」

夜色清朗，令人意外的沁涼。紫色的夜空灑滿了一顆顆閃爍的白色星子。不斷拂來的微風吹得棕櫚樹在地平線上搖曳生姿。前方熊熊的營火隨著風勢上下竄動搖擺。

「斐德寧博士會過來和我們一起吃晚餐嗎？」莎莉問道，她穿了一件淡綠色的毛線衫和黑色緊身褲。

舅舅搖了搖頭。「不會，他急著打電話到開羅。我想他很想趕快告訴我們的資助者這個好消息。」

「他看到木乃伊和所有東西時，好像興奮得不得了。」我說著，眼睛瞧著聳立在夜空下黑壓壓的金字塔。

「是啊，他是很興奮，」舅舅承認道，「他肯定在眨眼之間就改變心意了！

不過，我會盯緊他，奧馬最想要的就是接掌整個計畫案。我也會留心他那幾個警察的。」

「老爸，今晚應該是個美好快樂的夜晚，」莎莉責備道，「我們不要再講斐德寧博士了，只談科荷魯親王，以及你以後會多麼有錢、多麼有名就好啦！」

「一言爲定。」班舅舅笑著告訴她。

妮蘿在營火邊等我們。舅舅邀請她參加我們的烤肉晚餐。她穿了一件白色的厚運動衫、一條鬆垮的牛仔褲。半輪明月初昇上帳篷頂，讓她的琥珀墜子盈滿了月光。

她看起來眞的好美。我們走近時，她投給舅舅一抹溫暖的微笑。我從舅舅臉上看得出，他喜歡她。

「莎莉，妳比蓋博高，對吧！」妮蘿發表意見。

莎莉咧嘴一笑。她喜歡比我高，雖說我年紀大她一點點。

「不到一吋。」我很快回應。

「人當然會越長越高啦，」妮蘿對我舅舅說，「科荷魯親王好矮喔！就今天

這句英文怎麼說

墓室看起來好像電影場景。
That burial chamber looked like a movie set.

的標準來看是個矮個子。」

「所以妳就會想，那麼矮的人爲什麼要建造那麼高的金字塔呢？」舅舅說著露齒一笑。

妮蘿微笑以對，並挽起他的手。

我和莎莉互相交換了一個眼神。我知道莎莉心裡在想什麼。她的表情在說：這兩個人到底在搞什麼鬼？

我們的晚餐超棒的。舅舅把漢堡麵包稍微烤焦了，不過，沒有人眞的在乎。莎莉吃了兩個漢堡，我只吃了一個。這點又讓她可以自吹自擂了。

我表妹愛誇耀的個性，我眞是受夠了。我發現自己正在動腦筋要給她一點顏色瞧瞧。

妮蘿和舅舅嘻嘻哈哈的開玩笑。

「墓室看起來好像電影場景喔，」妮蘿取笑我舅舅，「一切都太完美啦，全都是黃金色的。還有完美的小木乃伊呢！所有的東西都是假的。我文章裡就要這麼寫。」

舅舅笑了，他轉向我，「你檢查過木乃伊了沒，蓋博？這個有戴手錶嗎？」

我搖搖頭。「沒戴。」

「看到沒？」舅舅告訴妮蘿，「沒戴手錶。所以肯定是眞的囉。」

「我想這樣就可以證明了。」妮蘿說，溫柔的對著我舅舅笑。

「老爸，你知道要讓木乃伊復活的咒語是什麼嗎？」莎莉插嘴道。「你知道的，就是斐德寧博士提過的、在墓室上面的那句？」

班舅舅吞下最後一口漢堡，用紙巾把下巴上的油脂擦乾淨。「我不相信一個正規的科學家會相信這類的迷信。」他低語。

「不過，讓木乃伊復活的那十五個字是什麼？」妮蘿追問道，「說嘛，班，告訴我們啦。」

舅舅的笑容不見了，他對妮蘿搖搖手指頭。「我不會說的，」他回答，「我不信任妳。如果我把咒語告訴妳，妳就會讓木乃伊活過來，好讓妳幫報社拍一張好照片。」

我們全都哈哈大笑。

這句英文怎麼說

班舅舅吞下最後一口漢堡。
Uncle Ben swallowed the last bite of his hamburger.

我們圍著營火坐著，橘紅色的火光在我們臉上跳躍。舅舅把盤子放到地上，在火上張開雙手。

「特其——卡哈魯——特其——卡哈拉——特其——卡哈力！」他用低沉的聲音吟唱著，兩隻手還在火上招搖擺動。

火堆發出爆裂聲。一段小樹枝傳出了響亮的霹啪聲，讓我的心漏跳一拍。

「這就是神祕咒語嗎？」莎莉追問。

舅舅嚴肅的點點頭。「這些就是寫在古墓入口的象形文字。」

「所以剛才木乃伊可能已經坐起來，伸展筋骨囉？」莎莉問。

「如果眞是這樣，我才會訝異呢！」舅舅回答，並站起身來，「妳忘了？莎莉——這咒語得吟誦五次才行。」

「喔。」莎莉凝視著火堆，陷入沉思。

我在心裡覆誦著這幾個字。「特其——卡哈魯——特其——卡哈拉——特其——卡哈力！」我必須把這十五個字背起來。我已經想到嚇莎莉的辦法了。

「你上哪兒去？」妮蘿問我舅舅。

「去通訊帳，」他回答，「我必須去打個電話。」他轉身迅速的越過沙地，往帆布帳篷群走過去。

妮蘿發出驚訝的笑聲。「他甚至連晚安都沒講。」

「老爸總是那樣的。」莎莉解釋，「他心裡面有事的時候就是那樣。」

「我想我最好也走人囉。」妮蘿說著站起身來，拍拍牛仔褲上的沙子。「我要開始動手幫我們報社寫文章了。」

她道過晚安，快速的走開，高跟鞋在沙地上發出聲響。

我和莎莉坐著凝視著霹啪作響的營火。半輪明月已經高掛在天上，淡淡的銀光反射在遠方的金字塔頂端。

「妮蘿說的對。」我告訴莎莉，「那裡看起來真的很像電影場景。」

莎莉沒有回答。她目不轉睛的注視著營火，眼睛眨也不眨，很認真的思考著。

火堆裡又有東西爆裂，爆裂聲似乎打斷了她的思緒，讓她回過神來。

「你想妮蘿喜歡我老爸嗎？」她問我，一雙烏黑的眼睛緊盯著我。

「應該是喜歡吧！」我回答，「她老是給他這種笑容。」我模仿妮蘿的微笑，

這句英文怎麼說

她老是給他這種笑容。
She's always giving him this smile.

「而且也好像老是揶揄他似的。」

莎莉思索著我說的話，「那你認爲我老爸喜歡她嗎？」

我咧嘴笑。「那當然！」我站起來，急著想回帳篷去。我想嚇莎莉。

我們不發一語的朝帳篷走去。我猜莎莉還在想她父親和妮蘿的事。

夜晚的空氣很清涼，但是帳篷裡卻相當暖和。月光透過帆布灑了進來。莎莉從她的小床底下拉出行李箱，跪在地上找衣服。

「莎莉，」我低聲問她，「妳猜我敢不敢把古代的咒語覆誦五次？」

「啊？」她抬起眼來看我。

「我要把那些咒語吟唱五遍，」我告訴她，「妳知道的，看會不會發生什麼事。」

我期待她會求我不要，我期待她會嚇得懇求我，「蓋博，求求你……不要！不要啊！那樣做太危險了！」

不過，莎莉反而把目光轉回她行李箱中的衣服上。「嘿，試試看囉。」她告訴我。

「妳確定？」我問她。

「確定啊。有何不可？」她回答，並拉出一條牛仔短褲。

我隔著帳篷注視她。剛剛我在她眼中看到的是恐懼嗎？她只是裝作若無其事的樣子嗎？是啊，我想莎莉是有點怕，不過她正努力不要表現出來。

我走近幾步，開始吟誦古咒語，用的也是低低的聲調，就像舅舅的一樣：「特其——卡哈魯——特其——卡哈拉——特其——卡哈力！」

莎莉鬆掉手上的牛仔褲，轉頭看我。

我第二次重複吟誦。「特其——卡哈魯——特其——卡哈拉——特其——卡哈力！」

第三次。

第四次。

我猶豫了。我感覺到脖子後面有一股冷風吹來。

我應該再吟誦一次咒語嗎？我應該唸第五次嗎？

16.

我俯視著莎莉。

她已經關上行李箱的蓋子，重重的靠在上面回視我。我知道她心裡很害怕，因爲她咬了咬下唇。

我應該唸第五次嗎？

我發覺脖子後面又是一陣寒意襲來。

只是迷信而已啦，我告訴自己。不過是個流傳了四千年的迷信。

腐朽又變成老木乃伊的親王，絕不會因爲我隨口唸幾句連自己都不懂的咒語就復活的。

不會的！

我突然想起從前租過很多和古埃及木乃伊相關的老電影。在影片中，科學家總是不理會那些要他們不得騷擾木乃伊墳墓的古咒語。然後，木乃伊就會活過來進行報復，搖搖晃晃的抓住科學家的喉嚨，把他們勒死。

蠢電影，不過，我就是愛看。

現在，我俯視著莎莉，發現她是眞的害怕。

我深吸了一口氣，突然意識到自己也在害怕。

不過，爲時已晚。

都進行到這個地步了，怎能在此時當個縮頭烏龜呢？

「特其——卡哈魯——特其——卡哈拉——特其——卡哈力！」我大聲喊出來，這是第五次了。

我定住不動——

並等待著。

我不知道自己在期待什麼。或許，是閃電吧。

莎莉站了起來，使勁的扯著自己的一綹黑頭髮。

這句英文怎麼說

我不知道自己在期待什麼。
I don't know what I expected.

「承認吧！妳根本嚇瘋了。」我說道，笑意忍不住在臉上泛開。

「才沒有咧！」她堅持的說道，「來啊，蓋博，再把那些咒語唸一次啊，大聲吟誦一百次啊！你嚇不到我的！絕對嚇不到！」

不過，當一個黑黑的影子出現在帳幕上晃動時，我們兩個都倒抽了一口氣。

有個沙啞的聲音對著帳篷裡低語：「你在裡面嗎？」

我的心臟完全停止跳動。

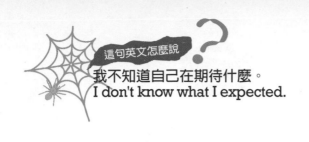

17.

當我踉蹌的後退靠近莎莉，雙腳還不住的顫抖著。

我看見她一雙眼睛因爲驚訝而瞪得好大，充滿恐懼。

我們沒時間尖叫，也沒時間求救。

我目瞪口呆的望向黑暗中，我看到帳篷的門簾被拉開來——一顆光溜溜的頭顱探進了帳篷裡。

「啊——」當黑暗的人形向我們逼近時，我驚恐的尖叫著。

木乃伊復活了！當我往後退開時，恐怖的念頭掠過我的腦海。

木乃伊活過來了！

「斐德寧博士！」莎莉大喊。

這句英文怎麼說

他看起來真的像個木乃伊。
He really looks like a mummy.

「啊？」我瞇起眼睛想看清楚。

沒錯，眞的是斐德寧博士。

我奮力的想打聲招呼，但是我的心臟跳得太厲害了，根本無法開口。我吸了一口又長、又深的氣，然後屛住氣息。

「我在找妳父親，」斐德寧博士告訴莎莉，「我必須馬上見到他，事情很緊急。」

「他……他去打電話了。」莎莉用顫抖的聲音告訴他。

斐德寧博士轉身大步跨出帳篷。帳篷的門簾啪的一聲在他身後闔上。

我轉向莎莉，心臟還在狂跳個不停。「嚇死我了。」我承認道，「我以爲他人在開羅呢！當他把瘦骨嶙峋的一顆光頭探進帳篷裡時……」

莎莉笑了。「他看起來眞的像個木乃伊……對不對？」她臉上的笑容褪去，「我在想，他爲什麼那麼急著找我老爸。」

「我們跟蹤他！」我沒期望莎莉會很快同意，不過，她馬上起身推開帳篷的門簾。

我跟著她出了帳篷。夜晚變得有點涼意。一陣陣的風吹得所有的帳篷似乎都在顫抖著。

「他往哪條路去了？」我低聲問。

莎莉伸手一指。「我想是盡頭的通信帳篷。」她慢跑著穿過沙地。

當我們奔跑時，風吹起的沙子打到了我們的腳。我聽到其中一頂帳篷傳來音樂和講話聲。工作人員正在為今天的發現高興得大肆慶祝。

月光投射在地上拉出長長的光影，好像沿路鋪了一條地毯。前方不遠處，斐德寧博士瘦長的身軀向前傾著，往最後一個帳篷的方向笨拙的晃過去。

他在帳篷附近消失了。我和莎莉在離他幾個帳篷的距離停了下來。我們迅速低下身去，閃避月光，躲到不會被人看見的陰影深處。

我聽見斐德寧博士低沉的嗓音從通信帳篷裡傳來。他說得又快又急，聽起來很是激動。

「他說什麼？」莎莉低聲的問道。

我聽不出來。

這句英文怎麼說

他往哪條路去了？
Which way did he go?

幾秒鐘之後，兩個人影從帳篷裡出現。他們手持明亮的手電筒，越過暈黃月光照射的地帶，快步的走進陰影裡。

斐德寧博士似乎像是拉著舅舅往金字塔去。

「發生了什麼事？」莎莉低聲問我，手拉著我的袖子。「他在逼老爸跟他走嗎？」

一陣風捲起了我們附近的沙子。我全身一顫。

他們兩個人同時搶著說話，大吼大叫的，還用手電筒比來比去。我覺得他們是在爭執。

斐德寧博士把一隻手放在舅舅肩膀上。他是想把舅舅推向金字塔的方向嗎？或者，真正帶路的人是舅舅？

看不出來。

「走吧！」我悄聲對莎莉說。

我們一步步離開帳篷，開始進行跟蹤。我們走得很慢，讓他們保持在視線裡，但是小心的不要跟得太近。

「他們回頭就會看見我們耶。」我們低身爬過沙地，莎莉縮著身體靠近我，低聲對我說。

她說的沒錯。在這廣闊的沙漠中的確沒有樹或灌木叢可以隱藏行蹤。

「他們或許不會回頭呀。」我充滿希望的答道。

我們爬得更近了。黑壓壓的金字塔在我們眼前高高的矗立著。

我們看到斐德寧博士和班舅舅在金字塔側面的出入口前停了下來。我可以聽到他們激動的聲音，不過，內容因爲風聲而聽不清楚，他們似乎還在爭執。

班舅舅首先消失在金字塔裡，斐德寧博士隨後跟進。

「是他把老爸推進去的嗎？」莎莉問，聲音又尖又怕。「看起來好像是他把他推進去的呀。」

「我……我不知道！」我結結巴巴的說。

我們往入口靠近，然後一起停住腳步，往黑暗中凝視著。

我知道我們想的是同一件事，而我們兩個沒說出口的問題也都一樣——

我們應該跟著他們進去嗎？

這句英文怎麼說

我們應該跟著他們進去嗎？
Should we follow them in?

18.

莎莉和我互換了個眼神。

夜晚的金字塔看起來似乎特別巨大，也更加黑暗陰森。一陣狂風在金字塔的外牆周圍呼號怒吼，彷彿在警告我們不要靠近。

我們在工作人員留下來的石堆後面爬行。

「我們在這裡等我老爸出來。」莎莉提議道。

我沒和她爭辯。我們沒有手電筒，沒有任何會發光的東西。我不認爲我們能夠自己在漆黑的通道裡走太遠。

我靠在光滑的石頭上凝視著金字塔的入口。莎莉則抬頭望著半輪明月。一縷薄薄的烏雲飄過來遮住了月亮，我們前面的地上立刻暗了下來。

「你想我老爸應該不會出了什麼事吧，對嗎？」莎莉問道，「我的意思是，他告訴過我們他不信任斐德寧博士，然後……」

「我相信舅舅一定沒事的，」我告訴她，「我的意思是，斐德寧博士是個科學家，又不是罪犯什麼的。」

「不過，他爲什麼要在三更半夜強迫我老爸進金字塔呢？」莎莉尖聲問道，「而且，他們不知道在吵什麼。」

我聳聳肩當做是回答。我記憶中從沒見過莎莉這麼害怕過。在正常情況下，我應該會很享受這種滋味的。她老是吹噓自己有多勇敢，完全不會害怕——尤其是和我比的時候。

但此刻的我根本高興不起來。主要是因爲我也和她一樣害怕！

兩個科學家看起來一副在打架的樣子，好像是斐德寧博士把班舅舅推到金字塔下面去的。

莎莉再度把雙臂交叉的抱在毛衣上，她瞇起眼睛望著入口。風揚起了她的頭髮，把幾絡髮絲吹落到前額，但她連撥都沒撥。

這句英文怎麼說

我看到那四個警察都離開了。
I saw the four policemen leave.

「有什麼事情這麼重要？」她繼續問，「他們爲什麼非得挑現在進金字塔不可？你想，會不會是有東西失竊了？那些開羅來的警察不是在下頭守著嗎？」

「我看到那四個警察都離開了。」我告訴她，「就在吃晚餐前，他們全擠進他們開來的小車子裡離開了。我不知道是什麼原因，或許他們是被叫回城裡去了。」

「我……我只是很迷惑，」莎莉承認，「又很擔心。我討厭斐德寧博士臉上的表情。我討厭他粗魯的樣子，居然就那樣直接闖進我們的帳篷，把我們嚇得半死，卻連個招呼也不打。」

「要鎮定啊，莎莉，」我柔聲說道，「我們只要等就行了，沒事的。」

她發出嘆息，沒有說任何話做回應。

我們沉默的等待著。我不知道究竟過了多久，只覺得好像已經好幾個鐘頭過去了。

雲團漸漸散去，風繼續在金字塔的側面發出令人心驚膽跳的怒吼。

「他們現在在哪裡？在做什麼？」莎莉又問。

我正要回答——卻看見金字塔的入口處出現一道閃爍的光線，便停了下來。

我抓住莎莉的手臂，低聲說道，「妳看——」

光線越來越亮。一個人影出現了，快速的從入口裡出來。

是斐德寧博士。

當他走到月光下，我注意到他臉上的表情非常奇怪。他一雙小小的黑眼睛瞪得大大的，腦子裡似乎在轉著瘋狂的念頭。一對眉毛顫動著，嘴巴張得很開，像是在用力呼吸的樣子。

斐德寧博士用手拍拍身體，舉步離開金字塔。他半跑半走，搖搖晃晃，一雙瘦巴巴的長腿跨著長長的大步飛快的走著。

「不過……老爸到哪裡去了？」莎莉小聲的問道。

我傾身向前，離開靠著的石塊，金字塔的入口清晰入目。

「他……他沒出來！」莎莉囁嚅著。

我還來不及反應，莎莉就從我們藏身的石堆後頭一躍而出，往斐德寧博士來的路上走去。

這句英文怎麼說

我知道他一定有。
I know he has!

「斐德寧博士，」她大聲呼喊，「我爸爸在哪裡？」我連忙從石頭堆裡起來，匆匆追向莎莉。我看見斐德寧博士的眼珠子狂亂的轉動，他並沒有回答莎莉的問題。

「我爸爸在哪裡？」莎莉再次尖聲問道。

斐德寧博士一副沒看到莎莉的樣子。他從她身邊繞過去，姿態僵硬而笨拙，兩隻手直直的往下垂。

「斐德寧博士……？」莎莉在他身後大喊。

他急急穿過陰暗之處，朝著帳篷的方向而去。

莎莉轉身面對我，表情因爲恐懼而緊繃。「他一定對老爸做了什麼了！」她哭喊，「我知道他一定有！」

19.

我轉頭望向金字塔的入口，那裡還是黑黑暗暗、無聲無息的。

此時唯一的聲音是風在金字塔石牆上的怒號。

「斐德寧博士完全不理我！」莎莉滿臉怒容的大喊，「他像暴風雨一樣的掠過我身邊，根本當我不存在！」

「我……我知道。」我支支吾吾的回答。

「你有看到他臉上的表情嗎？」她繼續說，「好邪惡！邪惡得不得了！」

「莎莉——」我開口說道，「或許……」

「蓋博，我們必須去找我老爸！」莎莉打斷我的話，她抓住我的手臂，把我往金字塔入口處拖去。「快點！」

這句英文怎麼說

斐德寧博士完全不理我！
Dr. Fielding totally ignored me!

「不，莎莉，等一下！」我堅持道，並掙脫她的手，「我們不能在漆黑一片的金字塔裡面亂闖，我們會迷路的，我們會永遠也找不到舅舅的！」

「那我們先回帳篷去拿燈，」她回答，「快點啦，蓋博——」

我舉起一隻手阻止她。「妳在這裡等，莎莉，」我命令她，「在這裡等妳爸。他很可能過一會兒就會爬出來。我用跑的回去拿些手電筒。」

她看著漆黑的入口，開口想辯駁，不過她卻改變主意，同意了我的計畫。

我一路跑回帳篷去，我的心跳得飛快。我在帳篷入口處停下腳步，掃視著整排帳篷，搜尋斐德寧博士的身影。

沒有他的身影。

我在帳篷裡隨手抓了兩支手電筒，然後飛也似的跑回金字塔。

拜託！跑的時候，我在心中無聲的祈求著。班舅舅，希望你已經離開金字塔了！你一定要平安無事啊！

當我瘋狂的一路跑過沙地時，我見到莎莉孤獨佇立的身影。即使遠遠望去，我也能看見她一臉驚恐的表情。她緊張的在金字塔入口前來來回回的踱步。

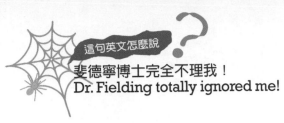

舅舅，你在哪裡？爲什麼你還沒有出金字塔呢？你還好嗎？

莎莉和我都沒有說話。已經沒有必要了。

我們打開手電筒，往金字塔入口走去。入口似乎比我記憶中還深，我下到通道地上時，差點重心不穩，失去平衡。

我們的燈光交錯的投射在泥地上。我把我的手電筒抬高碰到低矮的通道頂，讓燈光保持在上方，然後領頭穿越彎曲的通道。

我們彎著腰沿著通道緩緩而行。我把一隻手撐在通道壁上，保持平衡。通道壁摸起來鬆鬆軟軟的。莎莉緊跟在我後面，她手電筒亮明的光線照在我們腳前面的地上。

當通道彎彎曲曲的通向一間小小的空室時，她突然停下腳步，「我們怎麼知道我們走的對不對？」她問道，聲音顫抖又微弱。

我聳聳肩，用力吸了一口氣。「我以爲妳知道路。」我壓低聲回道。

「我只和老爸來過。」她回答，目光越過我的肩頭，在空室裡搜索。

這句英文怎麼說

莎莉和我都沒有說話。
Sari and I didn't say a word.

「那我們就一直走，直到找到他爲止。」我告訴她，強迫自己聽起來要比實際的感覺勇敢才行。

她走到我前面，用手電筒的光線照射房間的牆壁。「老爸！」她放聲大叫。「老爸，你聽見了嗎？」

她的聲音在通道裡迴盪。連回聲聽起來也充滿了恐懼。

我們定在原地，豎耳傾聽。

一片靜寂。

「來吧。」我催促道。我必須低下頭才能走進下一個狹窄的通道。

這通道通到哪裡？我們是在往科荷魯親王墓室的方向前進嗎？我們能在那裡找到舅舅嗎？

問題、一堆問題。我試著盡量不去想，不過當我們順著彎彎曲曲的通道前進時，問題卻占據了我的整顆心，不斷反覆的盤據在我的腦海中。

「爸？老爸——你在哪裡？」我們越來越深入金字塔的內部，莎莉的呼喊也越發瘋狂。

通道急轉直上，然後變得平緩。莎莉突然停下來，我嚇了一跳，猛力的撞上她，幾乎撞掉她手中的手電筒。

「對不起。」我小聲的說。

「蓋博，你看——！」她大聲喊道，並用她的燈光指向她運動鞋前面的地上。

「是腳印！」

我垂眼看向地上小小的光圈，泥地裡有一雙靴子的鞋痕，靴子有跟，還有尖尖的止滑鞋突，「是工作靴。」我低聲說道。

她用燈光把地上照了一圈。泥地裡還有其他幾個腳印，都與我們行進的方向相同。

「這是不是表示我們沒有走錯路？」她問。

「或許吧！」我一邊回答，一邊研究腳印。「很難判斷腳印是新的還是舊的。」

「老爸？」莎莉急切的嘶吼著，「你聽到我在叫你嗎？」

沒有回答。

她皺起眉頭，繼續前進讓我跟在後面。看到這麼多雙腳印帶給我們新的希

這句英文怎麼說

這是不是表示我們沒有走錯路。
Does this mean we're going the right way?

望。我們加速移動時，手都摸著牆壁，以保持身體重心的平穩。

當我們走到墓室外面的房間時，我們兩個都高興的叫了出來。我們的燈光在覆滿牆面和門口上的古象形文字上照來照去。

「老爸？老爸？」莎莉的聲音劃開沉沉的靜寂。

我們穿越空房間後，鑽過通往墓室的入口。親王的墓室出現在我們眼前，既黑暗又安靜。

「老爸？老爸？」莎莉再次叫道。

我也大聲喊，「舅舅！你在嗎？」

一片死寂。

我揮著我的燈光掃過房中一堆堆的寶物，越過沉甸甸的箱櫃、椅子，以及堆在角落的土甕。

「他不在這裡。」莎莉失望的啜泣幾乎害她嗆到。

「那麼斐德寧博士會帶舅舅上哪兒去？」我把想法大聲問出口，「金字塔裡沒別的地方好去了呀！」

莎莉的燈光停在巨大的木乃伊石柩上。她瞇起眼睛仔細看著。

「班舅舅！」我瘋狂的扯著嗓子大聲喊叫，「你在裡面的某個地方嗎？」

莎莉抓住我的手臂。「蓋博——你看！」她高喊道，燈光依然停在木乃伊的棺柩上。

我不知道她要我看什麼。「怎麼了？」我疑惑的問道。

「棺材蓋。」莎莉小聲回答。

我定眼注視著蓋子。沉重的厚石板把棺柩蓋得緊緊的。

「棺材蓋是闔上的。」莎莉接著說，她離開我身邊，往木乃伊棺柩走去，燈光還是定在棺材蓋上。

「是啊。所以呢？」我還是不懂。

「今天下午我們離開的時候，」莎莉解釋，「棺材蓋還是打開的。事實上，我記得老爸還告訴過工作人員今天晚上不要闔上棺材蓋，要讓它打開著。」

「妳說的對！」我喊道。

「蓋博，幫我。」莎莉懇求道，她把手電筒放在腳下。「我們必須把棺材蓋打開。」

我遲疑了一秒鐘，覺得體內有一陣寒意竄過。之後，我深吸了一口氣，邁開步伐去幫莎莉。

這句英文怎麼說

我遲疑了一秒鐘。
I hesitated for a second.

她已經用兩隻手推起石蓋了。

我向前走到她身邊去幫著推，使盡全身力量去推。

厚厚的石蓋比我想像的容易推。

我和莎莉齊心協力，死命的抓緊蓋子用力推……再推……

我們把棺材蓋移開了一英呎左右。

然後我們兩個都低下頭，往木乃伊棺柩裡頭探一看——卻嚇得倒抽了口氣！

20.

「老爸！」莎莉高聲尖叫。

舅舅平躺著，膝蓋拱起，兩隻手放在身體兩旁，雙眼緊閉著。我和莎莉猛力推著沉重的棺蓋，又開了一呎。

「他……他……」莎莉結結巴巴的，說不出話。

我把手壓在舅舅胸膛上，發現他的心臟穩定的跳動著。「他還在呼吸。」我告訴她。

我上半身探身進木乃伊棺柩裡，「舅舅，你聽得見我講話嗎？舅舅！」

他沒動。

我舉起他的手壓了壓。手溫溫的，不過軟趴趴的沒有一點力氣。「舅舅，起

這句英文怎麼說

我舉起他的手壓了壓。
I lifted his hand and squeezed it.

來啊！」我大聲喊他。

他的眼睛還是沒睜開。我把他的手垂下，放回木乃伊棺柩的底部。

「他會冷的。」我低聲說著。

莎莉站在我身後，兩隻手壓在臉頰上，垂眼凝視著舅舅。她的眼睛瞪得大大的，充滿懼意。

「我……我不相信！」她小聲的啜泣著，「斐德寧博士居然把老爸留在這裡要讓他窒息！如果我們沒過來……」她的聲音逐漸減弱至無聲。

舅舅發出一聲低低的呻吟。

我和莎莉滿懷希望的俯視著他。可是，他並沒有睜開雙眼。

「我們必須報警，」我告訴莎莉，「我們必須把斐德寧博士的事情告訴警方。」

「但我們不能把老爸扔在這裡不管呀！」莎莉回答。

我開口想回答——不過，一個恐怖的想法突然冒了出來，我害怕得全身發抖。「莎莉，」我開口說道，「如果舅舅躺在木乃伊棺柩裡……那麼，木乃伊到哪裡去了？」

她的嘴巴張得好大，震驚無語的回視著我。

這時，我們兩個都聽見了腳步聲。

緩慢、刮擦著地板的腳步聲。

然後，我們看見木乃伊僵硬蹣跚的晃進了房間。

這句英文怎麼說

這時，我們兩個都聽見了腳步聲。

And then we both heard the footsteps.

21.

我張嘴想要放聲大叫——卻發不出聲音來。

木乃伊僵硬蹣跚的穿越房門。它用滿是瀝青的空洞雙眼直直的瞪視著我們。在年代久遠的層層瀝青之下，一顆骷髏頭正對著我們咧嘴而笑。

唰！唰！

它的腳在泥地上拖著，腐爛中的綳帶碎條長長的拉在後面。它緩緩的舉起雙手，發出一種駭人的碎裂聲。

唰！唰！

我的喉嚨因爲太過害怕而綳得死緊，全身顫抖著。我退離木乃伊棺柩。

莎莉嚇呆了，站著不能動，兩手緊緊的捧住兩頰。我一把抓住她的手，將她

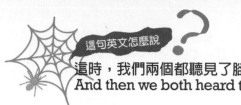

拉回我身邊。

「莎莉——回來呀！快回過神來呀！」我小聲對她說。

她驚恐的注視著逐漸逼近的木乃伊。我不知道她聽見我說話了沒，只好再把她往後拉一點。

我們的背部已經抵到房間的牆壁了。

木乃伊一路刮擦著地慢慢迫近。它透過兩顆空洞的黑眼窟瞪著我們，然後伸出一雙發黃、佈滿瀝青的手要來碰我們。

莎莉發出一聲淒厲的尖叫。

「快跑啊！」我尖叫，「莎莉——快跑啊！」

但是我們的背部緊緊的抵在牆壁上。木乃伊擋住了我們通往門口的路。

木乃伊僵硬、笨拙的移動，慢慢拖著身體逼近。

「都是我的錯！」我顫抖著聲音說，「我把那些咒語說了五遍，是我讓木乃伊復活的。」

「我……我們現在該怎麼辦？」莎莉近乎無聲的低泣著。

這句英文怎麼說

我怎麼沒早點想到？
Why hadn't I thought of it before?

我沒有答案。「舅舅……」我絕望的放聲大喊，「舅舅……幫幫我們吧！」

但是木乃伊棺柩裡還是沒有動靜，連我的尖叫聲都吵不醒我舅舅。

我和莎莉沿著房間的牆壁走，眼睛都定在逐漸接近的木乃伊身上。當木乃伊腳步沉重的朝我們移動時，纏著繃帶的雙腳刮過地面，激起一朵朵黑色的灰雲。

房間裡瀰漫著一股酸味，四千年前的古屍復活過來的氣味。

我的背抵著房間牆上冰冷的石頭，我的心狂亂的跳動。

木乃伊在棺柩前停了下來，僵硬的轉過身，繼續朝我們過來。

「嘿——！」我大喝一聲，腦海中突然冒出一個主意。

我的小木乃伊手——召喚令。

我怎麼沒早點想到呢？去年夏天，它把一大群古代的木乃伊從死亡狀態中召喚復活，解救了我們。

那麼，它也能命令木乃伊停止嗎？它可以讓木乃伊再度死亡嗎？

如果我把小木乃伊手高高舉在科荷魯親王面前，它可以讓他暫停到讓我和莎莉有足夠的時間脫逃嗎？

木乃伊只要再幾秒就可以抓到我們了。

這想法值得一試。

我伸手到牛仔褲後口袋去掏木乃伊手。

木乃伊手居然不見了！

這句英文怎麼說

木乃伊手……不見了！
The mummy hand --it's gone!

22.

「不！」我驚訝的大聲高喊，瘋狂的在我其他的口袋裡亂掏著。

沒有木乃伊手。

「蓋博──出了什麼事？」莎莉追問道。

「木乃伊手……不見了！」我告訴她，聲音因爲慌亂而哽咽。

唰──唰──

木乃伊拖著沉重的步伐靠近，污濁的臭味更濃烈了。

我絕望的想找到我的木乃伊小手，不過我知道我沒有時間多想了。

「我們必須拔腿狂奔，」我告訴莎莉，「木乃伊行動遲緩又僵硬，如果我們可以超過他……」

「可是老爸怎麼辦？」她哭喊著，「我們不能就這樣把他留在這裡。」

「我們不得不如此。」我告訴她，「我們必須去尋求協助。我們會再回來找他的。」

木乃伊往前走來，發出清脆的爆裂聲。古代的老骨頭正在碎裂中，咯咯作響。不過，它還是繼續朝我們前進，行動僵硬但持續，兩隻手還往外伸開。

「莎莉——快跑呀——就是現在！」我高聲尖叫著。

我重重的推了她一下，讓她行動。

當我強迫自己行動時，房間裡視線模糊不清。

木乃伊再度發出一個響亮的碎裂聲。我們繞著它打轉閃躲，它則把身體往前傾，伸出手來抓我們。

我試著蹲下躲在木乃伊伸出來的手底下，卻感受到它那千年老手指摩擦我頭後的感覺——冰冰冷冷的，硬得像雕像。

我知道這種觸感我一輩子也忘不了。

我脖子一麻，趕緊低下頭來避開它的魔爪，猛力的往前撲跌。

這句英文怎麼說

它復活了！
He's come alive!

莎莉跑的時候，一邊低聲的啜泣。我急忙趕上去，心臟怦怦狂跳。我勉強自己快跑，可是一雙腳卻重得像堅硬的石頭。

我們快要跑到門口時，看見了一盞閃爍的燈光。

一束燈光掃進房裡，我和莎莉都叫出聲來，停住腳步。在燈光之後，一個身影走入門裡。

我半遮著眼，適應突來的光亮，然後奮力瞇起眼睛，想看清楚到底是什麼人。

「妮蘿！」當她把手電筒的燈光舉高照到房頂時，我大聲喊道。「妮蘿——幫幫我們！」我哽咽的說。

「它復活了！」莎莉對著她大喊，「妮蘿，它復活了！」並朝著背後的木乃伊指去。

「幫幫我們！」我尖聲大叫。

妮蘿碧綠的眸子驚訝的張大。「我能怎麼辦？」她問，表情在瞬間轉成憤怒，「我該拿你們兩個孩子怎麼辦？你們不該在這裡出現的，你們會把一切都毀掉的！」

「啊？」我驚訝的叫出聲來。

妮蘿走進房裡，舉著她的右手。

在黯淡的光線下，我努力想看清她手上拿的是什麼。

我的木乃伊小手！

她把小手朝木乃伊高高舉起，「到我這裡來，我的弟弟！」妮蘿喚道。

這句英文怎麼說

你怎麼會有我的木乃伊小手？
How did you get my mummy hand?

23.

「妳怎麼會有我的木乃伊小手？妳在做什麼？」我追問著。

妮蘿沒有回答我的問題。她一手拿著手電筒，另一手緊緊抓住木乃伊小手，對著逐漸接近的木乃伊舉起。

「到我這裡來，我的弟弟！」她一邊叫喚，一邊揮著手召喚木乃伊，「是我啊，妮蘿公主！」

木乃伊的腿發出霹啪的聲音，脆弱的骨頭在繃帶裡面碎裂，然而木乃伊還是順從的拖著沉重的身體向前。

「妮蘿——停啊！妳在做什麼？」莎莉大聲尖叫。

但妮蘿還是不理我們。「是我，你的姊姊啊！」她對木乃伊叫喚著，臉上露

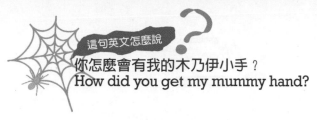

出一個勝利的笑容。一雙碧眼在光線的照射下熠熠生輝，有如翡翠。

「我等這一天等了好久、好久呀，」妮蘿對木乃伊說，「我等了好幾個世紀，我的弟弟，我一直希望有一天有人會發現你的墳墓，然後我們就可以團聚了。」

妮蘿的臉龐閃著興奮的光采，小木乃伊手在她的手裡面顫動。「我已經讓你復活了，我的弟弟！」她呼喚著木乃伊，「我等待了無數個世紀，不過所有的等待都是值得的。你將和我一起分享這所有的財富，以我們擁有的力量，再度攜手統治埃及——一如我們四千年前一樣！」

她垂下眼來看我，「謝謝你呀，蓋博。」她高聲道，「謝謝你的召喚令！我一見到它，就知道我一定得擁有它才行。我知道它可以讓我弟弟復活，回到我身邊！古代的那些咒語力量還不夠，我還需要召喚令的輔助。」

「還給我！」我大喊，並伸出手來，「那是我的！妮蘿，還給我！」

她從喉嚨裡迸發出一聲冷笑，「你不需要它了，蓋博。」她低聲說道。

她向木乃伊招招手。「殺了他們，我的弟弟！」她下令，「現在就殺了他們！這裡沒有目擊者。」

這句英文怎麼說

他們不能活著走出這座墳墓！
They cannot leave this tomb alive!

「不！」莎莉放聲尖叫。

我和莎莉兩個衝向門口，不過妮蘿很快便堵住我們的去路。

我用肩膀頂住她，想要用足球員頂人的方式推開她。不過妮蘿以驚人的力量把地抓得很牢。

「妮蘿——放我們走！」莎莉哀求道，並用力的喘著氣。

妮蘿露出微笑，搖了搖頭。「沒有人目擊。」她低聲呢喃。

「妮蘿——我們只想把我爸弄出這裡而已。妳可以想做什麼就做什麼！」莎莉絕望的說道。

妮蘿完全不理她，並抬起眼來看向木乃伊。「把他們兩個都殺了！」她命令道，「他們不能活著走出這座墳墓！」

我和莎莉轉身看見木乃伊發出巨大的聲響，笨重的朝我們走來，變黑的骷髏頭在黯淡的光線下閃閃發光。當它拖著身體靠近我們時，發黃的繃帶碎條長長的拖過身後的泥地。

更接近了。

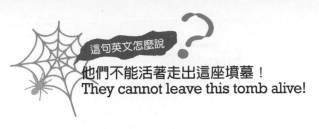

我轉向門邊，妮蘿堵住去路。

我的目光瘋狂的在房裡到處梭巡。

無路可逃。

逃不出去。

木乃伊蹣跚的朝著我和莎莉逼近。

它遵照妮蘿殘忍的命令，伸出冰冷的雙手。

這句英文怎麼說

木乃伊蹣跚的朝著我和莎莉逼近。

The mummy lurched toward Sari and me.

24.

我和莎莉對著門飛奔而去。不過，妮蘿擋住了我們的逃走路線。

木乃伊對著我們直衝而來，空洞的眼睛茫然的瞪著我們，它的下顎因爲露出一個令人戰慄的見骨獰笑而僵住。

它僵硬的舉起雙臂。

伸出雙手。

最後以不顧一切的踉蹌步伐向我們俯衝而來。

讓我大爲訝異的是，它居然越過了我和莎莉——用一雙瀝青手掐住妮蘿的喉嚨。抗議的喊叫聲梗在她張大的嘴裡。

木乃伊抓住她的時候，頭往後回仰，瀝青嘴唇動了動，幾聲乾咳凌空劃來。

如死亡般冰冷生硬的幾個字，從它的喉嚨低聲迸出：

「請——讓我平靜的安息吧！」

妮蘿發出哽咽的哭喊。

木乃伊兇惡的緊掐著她的喉嚨。

我轉過身去，抓住木乃伊的手。「放開她！」我尖聲高喊。

發黑的骷髏頭爆出乾喘聲。它的雙手緊緊的掐住妮蘿，讓她往後仰，朝地面彎下去。

妮蘿的雙眼無力的閉上，一雙手無助的往上揮舞，手電筒和木乃伊手都跌落到地上。

我一把抓住我的小木乃伊手，把它塞進牛仔褲口袋。「放開！放開！放開！」我扯開喉嚨嘶吼著，還跳到木乃伊的背上，想把它的手從妮蘿喉嚨上拉開。

木乃伊發出反抗的低吼，那是一種刺耳的低嘎聲，充滿憤怒。

然後，它費力的挺直身軀，奮力的想把我從肩膀上摔落。

我急促的喘氣，木乃伊驚人的力氣讓我大吃一驚。

這句英文怎麼說

妮蘿發出哽咽的哭喊。
Nila uttered a choked cry.

當我開始從木乃伊纏著綳帶的背上滑落時，我伸出手，絕望的在空中亂抓，只想不要掉下來。

我一抓抓到妮蘿的琥珀墜子。

「唉呀——」木乃伊用力一摔時，我放聲大叫了一聲。

我翻了個大觔斗。

墜子被我從鍊繩上扯下，從我手上摔了出去，撞到地面——碎落一地。

「不——！」妮蘿驚駭的哀號聲撼動了牆壁。

木乃伊停住不動了。

妮蘿掙開木乃伊的箝制，往後退開，瞠大的雙眼充滿了恐懼。「我的命！我的命啊！」她放聲尖叫。

她彎下身去，拚命揀起地上的琥珀碎片。但墜子已經碎裂成了上百個小小的碎片。

「我的命！」妮蘿瞪著手掌上光滑的碎片，抬起眼來看著我和莎莉。「我一直住在墜子裡啊！」她哭喊道，「晚上我都會爬進去。墜子讓我存活了四千年呀！

現在……現在……噢噢噢噢……」

隨著聲音的減弱，妮蘿開始縮小。她的頭、她的手臂，以及整個身體都越縮越小……越縮越小……直到消失在自己的衣服裡。

幾秒鐘後，正當我和莎莉瞠目結舌，既恐懼又驚訝的往下注視時，一隻黑色的聖甲蟲從運動衫及牛仔褲下爬了出來。

一開始，聖甲蟲移動得不太平穩。但不一會兒，牠就行動迅速的穿越泥地，逃之夭夭，消失在黑暗中。

「那隻……那隻甲蟲……」莎莉結結巴巴的，「那是妮蘿嗎？」

我點點頭。「我想是吧。」我垂眼看妮蘿皺巴巴的衣服說道。

「她是不是眞的是古代的埃及公主？科荷魯親王的姊姊？」莎莉咕噥著。

「一切的事情都怪到了極點！」我答道。我絞盡腦汁用力想，試著把事情都兜起來分析，試著去瞭解妮蘿說過的話。

「她一定是每天晚上回復到聖甲蟲的樣子，」我把想法說出來告訴莎莉，「爬進琥珀，睡在裡頭。這樣讓她一直存活了下來，直到……」

這句英文怎麼說

直到你打碎了琥珀墜子。
Until you smashed the amber pendant.

「直到你打碎了琥珀墜子。」莎莉低聲說道。

「是啊。」我點了點頭，「這是個意外——」我正要開口。

不過當我感覺到一隻冰涼的手靠近我的肩膀時，話就卡在嘴裡了。

我知道是木乃伊從背後抓住了我。

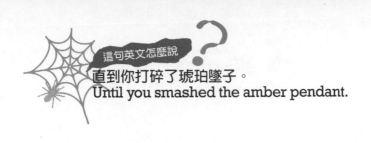

25.

一隻手停放在我的肩膀，寒氣穿透了我的T恤。

「放開我！」我尖叫。

我轉過身去——心臟漏跳了一拍，「舅舅！」我大叫。

「老爸！」莎莉縱身向前一跳，雙手緊緊摟住他。「老爸——你沒事！」

他把手從我肩頭放下，揉揉自己的腦後勺，不太確定的眨眨眼，搖了搖頭，似乎還有一點暈暈的樣子。

在他身後，木乃伊彎腰駝背萎頓的站著不動，再次失去了生命。

「哎，我還有點頭昏腦脹的。」舅舅說，一隻手往後伸進了濃密的黑髮裡抓著。「真是驚險萬分啊！」

「都是我的錯，」我承認道，「舅舅，我把咒語重複了五次。我不是故意要讓木乃伊復活的，可是……」

舅舅臉上露出了笑容，伸手摟住我肩頭，「不是你做的，蓋博。」他溫柔的對我說，「是妮蘿先的。」

他嘆了口氣。「我以前不相信吟誦的力量，」他輕聲說道，「但我現在相信了。妮蘿偷了你的木乃伊手，並且把古咒語覆誦了五次，她用召喚令讓木乃伊復活。我和斐德寧博士之前就對她產生懷疑了。」

「你們兩個？」我驚訝的大叫，「我還以爲……」

「我是從晚餐的時候開始懷疑妮蘿的。」舅舅對我們解釋，「記得嗎？她問我讓死者復活的十五字是什麼？哎，我根本沒提過咒語有十五個字，所以我心裡就在想妮蘿爲什麼會知道。」

舅舅用另一隻手摟住了莎莉的肩膀，讓我們兩個都靠向牆。接著，他自己也把背靠在牆上，並揉揉後腦勺。

「這正是我在晚餐後急忙趕到通訊帳的原因，」舅舅接著說，「我打電話給

這句英文怎麼說

我以前不相信吟誦的力量。

I didn't believe in the power of the chant.

開羅《太陽報》，他們表示從沒聽說過報社裡有妮蘿這號人物。所以我就知道她是個冒牌貨了。」

「不過我們看見斐德寧博士把你從帳篷裡拉出去呀！」莎莉插嘴道，「我們看見他強迫你進入金字塔，然後……」

舅舅發出喀喀的笑聲。「你們兩個實在不是什麼高明的間諜，」他笑罵，「斐德寧博士沒有強迫我做任何事。他親眼看到妮蘿偷偷溜進金字塔，所以到通訊帳找我。然後我們兩個匆忙的趕到金字塔，要看妮蘿搞什麼鬼。」

「我們到的太晚了，」舅舅接著說，「她已經讓木乃伊復活了。斐德寧博士和我試圖阻止她，可是她用手電筒敲我的頭，把我拖到木乃伊棺柩。我猜是她把我塞進去的。」

他揉了揉他的頭，「我記得的就是這樣囉，截至目前爲止就是這樣。直到我醒過來，看見妮蘿變成一隻聖甲蟲。」

「我們看見斐德寧博士匆促的跑出金字塔。」莎莉表示，「他直接從我身邊過去，臉上的神情怪異得不得了，他……」

她停了口沒繼續，嘴巴張得老大。我們同時都聽見了聲響。

墓室外頭傳來腳步摩擦地板的聲音。

我的心臟跳到喉頭，緊緊抓住舅舅的手臂。

腳步聲越來越近。

更多的木乃伊來了。

更多的木乃伊復活了，正搖搖晃晃的往親王的墓室走來。

這句英文怎麼說？

我們到的太晚了。
We got there too late.

26.

我的手伸進牛仔褲口袋去掏我的木乃伊小手。我把背抵著牆，抬起眼睛盯著墓室的門——等待著。

等待著木乃伊出現。

但出乎意料的是，闖進來的居然是斐德寧博士，他身後還跟了四名身穿黑色制服的警察。他們的手都放在槍套上。

「班，你沒事吧？」斐德寧博士對著舅舅高喊道，「那個年輕女人到哪裡去了？」

「她……逃了。」舅舅告訴他。

要他怎麼解釋她變成一隻蟲子了呢？

這句英文怎麼說

要他怎麼解釋她變成一隻蟲子了呢？
How could he explain that she had turned into a bug?

警察小心的探查墓室，眼睛盯著接近門邊、動也不動的木乃伊身上。

「你沒事我眞高興，班。」斐德寧博士說著說著，一隻手溫暖的放到舅舅肩膀上，然後轉向莎莉，「我想我欠妳一個道歉，莎莉。」他皺著眉頭說，「我跑出這裡時，一定是驚嚇過度了。我好像記得在金字塔外面有看見妳，不過我不記得有跟妳說話。」

「沒關係。」莎莉靜靜的回答。

「如果我嚇到了妳，那我很抱歉。」斐德寧博士告訴她，「妳爸爸被那瘋狂的年輕女人敲昏了，我一心只想盡快找警察來。」

「嗯，刺激的部分結束了，」舅舅說著微微一笑，「我們離開這裡吧！」

我們舉步朝門口走去，不過一位警察出聲打斷我們，「我問一個問題就好，可以嗎？」他注視著地上直挺挺的木乃伊，「那具木乃伊曾經走動過嗎？」

「當然沒有了。」舅舅回答他，笑意掠過整張臉，「如果它能走路，還攤成一堆做什麼？」

哎呀，我又再度成爲當天的英雄啦。當然囉，那天稍晚在帳篷時，我根本不必浪費時間和莎莉爭論我和她誰比較有勇氣。

莎莉別無選擇，她不得不默默接受。我畢竟是阻止木乃伊，並把妮蘿的墜子摔碎，將她打回甲蟲原形的人。

「至少，你還不至於太臭屁！」莎莉回了我一句，轉轉眼珠子。

勉強，眞的太勉強了！

「哎——那隻聖甲蟲爬走不見了。」莎莉說著說著，嘴邊露出邪惡的笑容。「我猜那隻蟲子正在等你喔，蓋博。我敢打賭，那隻蟲子正在你的床上等你，等著咬你！」

我放聲大笑。「莎莉，只要能嚇我，妳什麼都肯說。妳就是無法忍受我是個英雄！」

「沒錯！」她不帶情緒的回答，「我就是受不了。晚安，蓋博。」

幾分鐘後，我穿著自己的睡衣準備上床。好一個夜晚！令人驚奇的夜晚！

我溜上床，拉起棉被，心知這將是個讓我永生難忘的夜晚。

「哎喲！」

- 誰會來開羅接你？
  Who will be meeting you in Cairo?
- 去年夏天我們全家到開羅去玩。
  Last summer, my entire family visited Cairo.
- 我認為這是個仿製品。
  I thought it was a fake.
- 木乃伊手為什麼突然變冷？
  Why had the mummy hand suddenly turned cold?
- 我看不見他的臉。
  I couldn't see his face.
- 歡迎到開羅來。
  Welcome to Cairo.
- 空中小姐讓我坐在頭等艙。
  The stewardess let me sit in First Class.
- 我自認是個典型的美國小孩。
  I think of myself as a typical American kid.
- 我這輩子從沒這麼熱過。
  I've never been so hot in my life.
- 我把它放哪兒去啦？
  Where did I put it?
- 我目瞪口呆的看著他們兩個。
  I gaped at the two of them.
- 我為什麼沒注意到他戴著手錶？
  Why hadn't I noticed that he was wearing a wristwatch?
- 他們相信聖甲蟲是不朽的象徵。
  They believed that scarabs were a symbol of immortality.
- 我們一向相處的很融洽。
  We always got along really well.

- 我在黑暗之中摸索著墜子。
  I fumbled for the pendant in the dark.
- 這趟旅行不會有壞事發生的。
  Nothing bad can happen this trip.
- 班舅舅啜乾最後一口咖啡。
  Uncle Ben took the last sip of coffee.
- 為什麼那麼悲觀呢？
  Why look on the gloomy side?
- 我記得去年夏天。
  I remember last summer.
- 我讓他們看我的記者證。
  I showed them my press card.
- 也不可以拍照。
  No photographs, either.
- 我可不想在脖子上戴著一隻死蟲子。
  I wouldn't want to wear a dead bug around my neck.
- 我只是試試你罷了。
  I was just testing you.
- 這一切發生得太快了。
  It all happened too fast.
- 一隻蛇從我的上方滑下來。
  A snake slid down from above me.
- 你怎麼稱呼那種舞步的？
  What do you call that dance?
- 它可能是個古物。
  It might be an ancient relic.
- 手指頭剛剛真的動了。
  The fingers really had moved.

- 今天我們或許會創造歷史。
  Perhaps we will make history today.
- 這讓她閉上了嘴。
  That shut her up.
- 她緊張得直咬下唇。
  She was nervously chewing her lower lip.
- 讓我平靜的安息吧！
  Let me rest in peace!
- 警告已經非常明顯了。
  The warning is very clear.
- 你不用不好意思。
  You don't have to be embarrassed.
- 真不敢相信我是唯一在場的記者。
  I can't believe I'm the only reporter here.
- 除了一堆蜘蛛網外，密室裡空蕩蕩的。
  Except for a lot of cobwebs, the chamber was bare.
- 獅子封印從門上滑了下來。
  The lion seal slid free the door.
- 我們犯了一個很大的錯誤。
  We've made a big mistake.
- 她點頭同意。
  She nodded agreement.
- 親王就葬在裡面嗎？
  Is the prince buried inside it?
- 什麼都不要動。
  Do not move anything.
- 我還是不懂為什麼需要他們。
  I still do not understand the need for them.

- 墓室看起來好像電影場景。
  That burial chamber looked like a movie set.
- 班舅舅吞下最後一口漢堡。
  Uncle Ben swallowed the last bite of his hamburger.
- 她老是給他這種笑容。
  She's always giving him this smile.
- 我猶豫了。
  I hesitated.
- 我不知道自己在期待什麼。
  I don't know what I expected.
- 他看起來真的像個木乃伊。
  He really looks like a mummy.
- 他往哪條路去了？
  Which way did he go?
- 我們應該跟著他們進去嗎？
  Should we follow them in?
- 我看到那四個警察都離開了。
  I saw the four policemen leave.
- 我知道他一定有。
  I know he has!
- 斐德寧博士完全不理我！
  Dr. Fielding totally ignored me!
- 莎莉和我都沒有說話。
  Sari and I didn't say a word.
- 這是不是表示我們沒有走錯路。
  Does this mean we're going the right way?
- 我遲疑了一秒鐘。
  I hesitated for a second.

我舉起他的手壓了壓。
I lifted his hand and squeezed it.

這時，我們兩個都聽見了腳步聲。
And then we both heard the footsteps.

我怎麼沒早點想到？
Why hadn't I thought of it before?

木乃伊手……不見了！
The mummy hand – it's gone!

它復活了！
He's come alive!

你怎麼會有我的木乃伊小手？
How did you get my mummy hand?

他們不能活著走出這座墳墓！
They cannot leave this tomb alive!

木乃伊蹣跚的朝著我和莎莉逼近。
The mummy lurched toward Sari and me.

妮蘿發出哽咽的哭喊。
Nila uttered a choked cry.

直到你打碎了琥珀墜子。
Until you smashed the amber pendant.

我以前不相信吟誦的力量。
I didn't believe in the power of the chant.

我們到的太晚了。
We got there too late.

要他怎麼解釋她變成一隻蟲子了呢？
How could he explain that she had turned into a bug?

雞皮疙瘩系列 26

古墓毒咒 II

原 著 書 名── Return of The Mummy II
原 出 版 社── Scholastic Inc.
作　　　者── R.L. 史坦恩（R.L.STINE）
譯　　　者── 陳芳智
責 任 編 輯── 劉枚瑛、何若文

國家圖書館出版品預行編目 (CIP) 資料

古墓毒咒 II / R. L. 史坦恩 (R. L. Stine) 著；陳芳智 譯．
-- 2 版．-- 臺北市：商周出版：家庭傳媒城邦分公司發行，
民 105.05 160 面；14.8 x 21 公分．--（雞皮疙瘩系列 ;26）
譯自 :Return of The Mummy II
ISBN 978-986-93021-6-6(平裝)
874.59　　105005268

版　　　權── 翁靜如、吳亭儀
行 銷 業 務── 林彥伶、石一志
總　編　輯── 何宜珍
總　經　理── 彭之琬
發　行　人── 何飛鵬
法 律 顧 問── 台英國際商務法律事務所 羅明通律師
出　　　版── 商周出版
臺北市中山區民生東路二段 141 號 9 樓
電話：(02) 2500-7008 傳真：(02) 2500-7759
E-mail：bwp.service @ cite.com.tw
發　　　行── 英屬蓋曼群島商家庭傳媒股份有限公司城邦分公司
臺北市中山區民生東路二段 141 號 2 樓
讀者服務專線：0800-020-299 24 小時傳真服務：(02)2517-0999
讀者服務信箱 E-mail：cs @ cite.com.tw
劃 撥 帳 號── 19833503 戶名：英屬蓋曼群島商家庭傳媒股份有限公司城邦分公司
訂 購 服 務── 書虫股份有限公司客服專線：(02)2500-7718；2500-7719
服務時間：週一至週五上午 09:30-12:00；下午 13:30-17:00
24 小時傳真專線：(02)2500-1990；2500-1991
劃撥帳號：19863813 戶名：書虫股份有限公司
E-mail：service@readingclub.com.tw
香港發行所── 城邦（香港）出版集團有限公司
香港 灣仔 駱克道 193 號東超商業中心 1 樓
電話：(852) 2508-6231 傳真：(852) 2578-9337
馬新發行所── 城邦（馬新）出版集團
Cité(M) Sdn. Bhd. 41, Jalan Radin Anum,
Bandar Baru Sri Petaling, 57000 Kuala Lumpur, Malaysia.
電話：(603)9057-8822 傳真：(603)9057-6622
商周出版部落格── http://bwp25007008.pixnet.net/blog
行政院新聞局北市業字第 913 號

美 術 設 計── 王秀惠
印　　　刷── 卡樂彩色製版有限公司
經　銷　商── 聯合發行股份有限公司 新北市 231 新店區寶橋路 235 巷 6 弄 6 號 2 樓
電話：(02)2917-8022 傳真：(02)2911-0053

■ 2004 年（民 93）11 月初版
■ 2020 年（民 109）06 月 04 日 2 版 2 刷
■ 定價 / 199 元

ISBN 978-986-93021-6-6

Goosebumps : vol#23 Return of The Mummy II

Printed in Taiwan
城邦讀書花園
www.cite.com.tw

Goosebumps®

Goosebumps®